David Lodge · Bittere Wahrheiten

DAVID LODGE

Bittere Wahrheiten

EINE NOVELLE

AUS DEM ENGLISCHEN
VON
BERND EILERT

HAFFMANS VERLAG

Titel des Originalmanuskripts
»Home Truths«

Das Nachwort hat David Lodge eigens
für die deutsche Ausgabe geschrieben

Satz: Fotosatz Michel, Gießen
Herstellung: Ebner Ulm
ISBN 3 251 00465 4

Vorbemerkung des Autors

Diese Novelle basiert auf meinem gleichnamigen Stück, das im Februar 1998 am Birmingham Repertory Theatre uraufgeführt wurde und dessen Textbuch später bei Secker & Warburg – deutsch in der Übersetzung von Bernd Eilert im Haffmans Verlag – erschienen ist. Ich habe einiges im Dialog revidiert und ein paar Details verändert, Zeilen wieder eingefügt, die in verschiedenen Stadien der Abfassung aus verschiedenen Gründen aus dem Stück gestrichen wurden, und einige neu hinzugefügt. Die Geschichte ist aber im wesentlichen dieselbe geblieben.

DL

1.

Das Cottage steht einsam und allein am Ende eines ausgefahrenen Feldwegs, der ungefähr eine Meile vor dem nächsten Dorf von der Landstraße abgeht. Leicht möglich, daß man an der Lücke in der Hecke vorbeifährt, ohne das verwitterte Holzschild zu bemerken, das an einen Pfosten genagelt ist und auf dem in verblichener Handschrift der Name »Ludlow« steht; und daß man deshalb auch gar nicht wahrnimmt, daß es auf eine menschliche Behausung hinweist. Eine leichte Erhebung des Geländes und ein Buchenhain schirmen das Cottage und seine Nebengebäude gegen die Straße ab.

Es handelt sich hier nicht um einen der malerischeren Teile von Sussex, sondern um eine Handvoll leicht verkommener Äcker, genau zwischen den Ausfallstraßen gelegen, die von London Richtung Brighton und Worthing führen. Man ist schneller am Gatwick Airport als in den South Downs. Das Cottage selbst ist alt, architektonisch aber nicht weiter bemerkenswert. Offensichtlich war es früher von Landarbeitern bewohnt und bestand aus zwei separaten Hälften, die später zu einem einzigen Wohnhaus zusammengefaßt und mit einigen Veränderungen und Nachbesserungen modernisiert worden sind. Die Eingangstür befindet sich jetzt an einer Seite des Hauses, wo auch ein mit Kies bedeckter Parkplatz angelegt worden ist, und in der breiten Vorderfront gibt es anstelle der Türen jetzt Fenster, mit Blick auf einen freundlichen, wenn auch unspektakulären Garten, der sich aus Rasenflächen, Buschgruppen und Blumenbeeten zusammensetzt. Hintenhinaus gibt es einen einstöckigen Anbau, Platz genug für eine moderne Küche und eine weiß geflieste Duschkabine. An weiteren Nebengebäuden gibt es unter anderem eine Art Windschutz, der einem Brennofen Raum bietet, und etwas, das auf den ersten Blick wie ein Geräteschuppen aussehen würde, wäre es nicht aus ziemlich hochwertigem Holz gebaut und befände sich nicht in der Tür nur ein einziges kleines quadratisches Fenster aus undurchsichtigem Rauchglas.

* * *

»Wußtest du eigentlich«, sagte Adrian, der von der Pakkung ablas, »daß Cornflakes zu vierundachtzig Prozent aus Kohlehydraten bestehen, von denen acht Prozent Zucker sind?«

Eleanor war in ihre Zeitung vertieft und antwortete nicht. Adrian griff sich eine andere Packung und kontrollierte sie.

»Reine Kleie hat lediglich vierundsechzig Prozent Kohlehydrate, davon sind allerdings achtzehn Prozent Zucker«, sagte er. »Sind achtzehn Prozent von vierundsechzig besser oder schlechter als acht Prozent von vierundachtzig?«

Eleanor antwortete noch immer nicht. Adrian reagierte weder überrascht noch beleidigt. Er griff sich die nächste Packung.

»Weizenkeime sind anscheinend das beste. Siebenundsechzig Prozent Kohlehydrate, von denen weniger als ein Prozent Zucker ist. Und kein Salz.« Pause. »Vermutlich sind sie deswegen auch so gut wie geschmacklos.« Er schüttete sich eine Portion Weizenkeime in sein Schälchen und goß halbfette Milch darüber.

Es war neun Uhr an einem Sonntagmorgen im Sommer 1997. Adrian und Eleanor Ludlow saßen in Bademänteln am Wohnzimmertisch in ihrem Cottage. Der Raum war groß und gemütlich, die Decke niedrig, gegessen wurde am einen Ende, die Sitzecke war am anderen, vor dem offenen Kamin. Die Bücherregale an den Wänden waren so vollgestopft, daß sie sich nach innen zu lehnen schienen – was vielmehr an der Unregelmäßigkeit der Wände lag, die dem ganzen Haus den Charakter einer hinreichend zivilisierten Wohnhöhle verlieh. Auf den Regalen war hin und wieder Platz gelassen, um Vasen, Kannen und Schalen aus Keramik auszustellen, deren Design auf eine gemeinsame Herkunft schließen ließ; es gab sogar noch weitere ähnliche Objekte, auf verschiedenen Tischen im Raum verstreut. Die teure Hi-Fi-Anlage, die ebenfalls in die Regale integriert war, war um diese Zeit ebenso stillgestellt wie der Fernseher, der an den Rand der Sitzecke verbannt war. Eleanor hatte ihr Frühstück beendet und sich aufs Sofa gesetzt, um die Sonntagszeitungen zu lesen. Sie ging systematisch vor. Neben ihr lagen auf der einen Seite, ordentlich gestapelt und gefaltet, die noch unberührten mehrteiligen Beilagen, auf der anderen ein weniger ordentlicher Haufen der Teile, mit denen sie fertig war. Sie trug ein Paar Baumwollhandschuhe, um zu verhindern, daß sie sich an der Druckerschwärze die Hände und danach ihre Kleider schmutzig machte.

»Ein neuer britischer Film sorgt für Wirbel in Amerika.« Sie las gerade das Feuilleton der ›Sunday Gazette‹. »Es geht um männliche Stripper in Sheffield.«

»Wahrscheinlich hat das für Amerikaner einen perversen exotischen Reiz«, mutmaßte Adrian. »Ob das hier so ankommen wird – seh ich noch nicht. Gibt es sonst was Neues aus der Welt der Hochkunst?«

Eleanor überflog die Zeitungsseite. »Die neue Damien-Hirst-Ausstellung: ein enthaupteter Kunstkritiker in einem Tank voll Formaldehyd«, sagte sie, um sich dann rasch zu korrigieren: »Ach, komm, das war ein Scherz.«

»Schwer, das zu unterscheiden, heutzutage«, sagte Adrian.

»Und an der Royal Opera braut sich der nächste Skandal zusammen.«

»Das klingt alles so anheimelnd vertraut«, befand Adrian.

Ein Jet überflog das Haus. Das Cottage lag ungefähr zwölf Meilen von Gatwick Airport entfernt unter einer der Hauptanflugschneisen. Besucher fühlten sich bisweilen von dem Lärm gestört, doch Adrian und Eleanor bemerkten ihn kaum mehr.

»Was ist auf der Titelseite?« fragte Adrian.

Eleanor legte die ›Gazette‹ beiseite und hob den Nachrichtenteil der ›Sunday Sentinel‹ auf.

»Alles langweilig«, sagte sie. »Das meiste über Dianas Ferien mit Dodi Fayed.«

»Das hatten wir doch schon letzten Sonntag«, seufzte Adrian.

»Der ultimative Sommerlochfüller«, sagte Eleanor. »Ein Boulevardblatt hat eine Viertelmillion gezahlt für Fotos von den beiden, wie sie sich küssen auf seiner Yacht.«

»Dafür kriegt man schon einen ganz ordentlichen Picasso«, sagte Adrian. »Einen kleineren jedenfalls.«

Eleanor machte große Augen, als sie zum Fuß der Seite kam. »Guter Gott!« schrie sie.

»Was ist denn los?«

»Das glaub ich ja nicht.« Sie ließ den Nachrichtenteil fallen und durchsuchte den Stapel der ungelesenen Teile der ›Sentinel‹.

»Was war nur geschehen, das diese Aufregung verursachen konnte, fragte er sich selbst«, rezitierte Adrian, der immerhin einst Berufsromancier gewesen war. »Hat Jeffrey Archer auf seinen Adelstitel verzichtet? Ist Richard Branson mit einem seiner eigenen Züge gefahren? Hat –«

»Hier steht, daß Sam dem Feuilleton der ›Sentinel‹ ein Interview gegeben hat«, sagte Eleanor. »Und zwar Fanny Tarrant.«

»Ach ja«, sagte Adrian.

Eleanor sah überrascht hoch. »Du hast davon gewußt?«

»In gewisser Weise. Die Dame Tarrant hat mich deswegen angerufen.«

»Das hast du mir gar nicht erzählt.«

»Ganz vergessen«, sagte Adrian. »Du warst gerade nicht da, glaube ich.«

»Was wollte sie?«

»Hintergrundinformationen über Sam«, sagte Adrian.

»Du hast ihr doch hoffentlich keine gegeben.«

»Ich habe ihr gesagt, daß ich mich über meinen ältesten Freund nicht hinter seinem Rücken auslassen werde«, sagte er.

»Das würde ich dir auch nicht empfehlen«, sagte Eleanor. Sie hatte den Feuilletonteil der ›Sentinel‹ gefunden und zog ihn aus dem Stapel. »Besonders bei Fanny Tarrant nicht. Männer wie Sam verspeist sie zum Frühstück.«

Adrian betrachtete einen Löffel voller Weizenkeime, den er sich gerade in den Mund schieben wollte. »Na ja, Sams Zuckergehalt ist auch nicht sehr hoch ...«, sagte er.

»Sir Robert Digby-Sissons hat geweint, als er las, was Fanny Tarrant über ihn geschrieben hatte«, sagte Eleanor und durchblätterte rasch die Zeitung.

»Woher weißt du das?« fragte Adrian

»Aus einer anderen Zeitung. Hier ist es. Gott, was für ein lächerliches Foto. Ich befürchte das Schlimmste. Schau!« Eleanor hielt die Zeitung so, daß Adrian das große Farbfoto von Sam Sharp sehen konnte. »Er trägt Reitstiefel. Aber er ist kein Reiter. Er hat nicht mal ein Pferd.«

»Das sind keine Reitstiefel, sondern Cowboystiefel«, stellte Adrian richtig. »Die trägt er auf seiner Moto-Crossmaschine.«

»Moto-Cross! Wann wird er endlich erwachsen? Egal, jedenfalls ist kein Motorrad auf dem Foto, statt dessen sitzt er vor seinem Computer und sieht wie ein echter Volltrottel aus in seinen Cowboystiefeln ... O Gott, o Gott. Hör dir das an.« Eleanor fing an, den Artikel laut vorzulesen: »Samuel Sharp hat es weit gebracht für den Sohn eines Kioskbesitzers im finstersten Deptford. In Sussex gehört ihm ein restaurierter Landsitz aus dem 17. Jahrhundert, mit eigenem Tennisplatz, Herrenhaus und zehn Hektar urbaren Landes, das er an Bauern aus der Nachbarschaft verpachtet hat, da ihm das Verfassen preisgekrönter TV-Drehbücher nicht die Zeit läßt, es persönlich zu beackern. Man merkt, daß er sich in der Rolle des Landmanns gefällt, wenn er, allerdings in Ralph-Lauren-Jeans und hochhackige Cowboystiefel gezwängt, seinen Besitz abschreitet. Die hohen Hacken kann er übrigens gut gebrauchen, da er körperlich ein wenig kurz geraten ist. In diesem Punkt ist er empfindlich. ›Was immer Sie sagen, fragen Sie Sam nie nach seiner Größe‹, hatte mir ein Freund empfohlen, ›oder nach seinem Toupet.‹ Daß er ein Toupet trug, wußte ich bis dahin gar nicht. Schöner Freund!« sagte Eleanor. Und dann: »Warst du das?«

»Natürlich nicht«, sagte Adrian. »Wo ist die Diabetikermarmelade?«

»Ausgegangen.« Adrian seufzte. Eleanor las weiter aus der Zeitung vor: »Natürlich erregten gerade diese Verbotszonen meine Neugier. Ich verbrachte die meiste Zeit, die wir hatten, auf Zehenspitzen, beim Versuch, Samuel Sharps Schädeldecke nach verräterischen Anzeichen seiner Kunstmatte abzusuchen. Als er bemerkte, was ich tat, unternahm er Anstrengungen, sich selbst auf seine Zehenspitzen zu stellen, so daß wir für einen Zuschauer wie ein Paar Ballettänzer beim Aufwärmtraining ausgesehen haben müssen. Abgesehen davon, daß keine Zuschauer anwesend waren. Mrs. Sharp hatte die Ranch vor drei Monaten verlassen. Gerüchten zufolge mit dem Regisseur der fernsehpreisgekrönten letzten Serie ihres Ehemanns, *The Bottom Line*. Samuel Sharp wirkte recht verschlossen, als ich dies Thema ansprach. ›Laura und ich haben uns in beiderseitigem Einverständnis getrennt‹, betonte er. Laura war übrigens Ehefrau Nummer zwei, Nummer eins hatte bereits vor Jahren unter Mitnahme ihrer beiden Kinder das Weite gesucht ...‹ Was geht sie das an? Oder irgend jemand sonst?« fragte Eleanor und las dann weiter vor. »Das erste, was in Sam Sharps Arbeitszimmer auffällt, ist die Ausstattung mit Pokalen, Urkunden und Nominierungen für Preise und Auszeichnungen sowie gerahmten Pressefotos von Samuel Sharp, die in dieser Massierung sonst nur in italienischen Restaurants anzutreffen sind. Das zweite ist ein mannshohes Spieglein an der Wand. ›Dadurch entsteht ein großzügigeres Raumgefühl‹, erklärte der Autor, dennoch fällt es schwer, keinen anderen Grund zu unterstellen. Vom Spiegel unwiderstehlich angezogen, entgleiten ihm seine Augen dauernd, sogar während er mit einem spricht. Als ich zu Sam Sharp fuhr, fragte ich mich, warum seine Ehen so unglücklich endeten. Als ich wegfuhr, glaubte ich, die Antwort zu kennen: Der Mann ist unerträglich eitel.« Eleanor sah zu Adrian und erwartete eine Reaktion. Er strich Marmelade sehr dünn auf eine Scheibe Toast.

»Ein bißchen barsch«, befand Adrian.

»Barsch! Das ist brutal«, sagte Eleanor. Für einige Augenblicke las sie still für sich weiter, mit leisen Anzeichen der Bestürzung und unterdrücktem Kichern, dann fuhr sie wieder laut fort. »O Gott, hör dir das an. ›Die Heldin aus Samuel Sharps jüngster TV-Produktion *Darkness* wird in der Pressemitteilung der BBC als ›Nymphomanin‹ bezeichnet. Ich fragte ihn, ob er je einer Nymphomanin begegnet sei. ›Ja, nein, beziehungsweise, es kommt darauf an, was Sie unter einer Nymphomanin verstehen‹, stammelte er. ›Ich habe Frauen gekannt, die eigentlich kein Hehl daraus machten, daß sie gegebenenfalls, Sie verstehen, also falls ich sie nur im geringsten dazu ermutigen würde, trotzdem schwer zu sagen, ob es sich im eigentlichen Sinn um Nymphomanie handelte ...‹ Ich nehme an, er versuchte damit nur, delikat zu umschreiben, daß es für einen gutaussehenden Burschen wie ihn schwer abzuschätzen ist, ob die Bereitschaft weiblicher Zufallsbekanntschaften, sich flachlegen zu lassen und die Beine breitzumachen, auf ihre Veranlagung oder seinen unwiderstehlichen Sexappeal zurückzuführen ist.« Eleanor ließ die Zeitung sinken. »Das macht Sam fertig, wenn er das liest«, sagte sie.

»Na ja, er hat es so gewollt, könnte man sagen«, sagte Adrian.

»Du hast nicht allzuviel Mitgefühl mit deinem besten Freund.«

»Ich sagte: ›mein ältester Freund‹.«

»Und wer ist dann dein bester Freund?«

Adrian dachte kurz nach. »Das bist du.«

Eleanor ließ diese Erklärung kalt. »Von mir abgesehen.«

»Ich glaube nicht, daß ich einen habe«, sagte er. »Traurig, aber es paßt wohl nicht ins Konzept für die mittleren Jahrgänge.«

Adrian hatte in diesem Jahr bereits seinen fünfzigsten Geburtstag gefeiert. Eleanor war ein paar Jahre jünger. Vor etwa dreißig Jahren hatten sie zusammen mit Sam Sharp an einer Provinz-Universität studiert. Für ihr Alter hatten sich beide gut gehalten. Adrian war groß und schlank, leicht gebeugt, mit einer silbergrauen Haarmähne, die er lang über die Ohren und in den Nacken fallen ließ. Eleanor war immer noch eine attraktive Frau, ein erfreulicher Anblick, selbst so früh am Morgen, bevor sie geduscht und sich zurechtgemacht hatte. Eine wolkige Masse fein gewellten Haars, unauffällig getönt, umrahmte ein rundes, volles Gesicht mit großen braunen Augen, üppigen Lippen und energischem Kinn. Sie hatte sich ihre Zähne ebenso erhalten wie ihre Figur.

In diesem Augenblick hörten beide das Geräusch von Autoreifen auf dem Kiesweg vor dem Cottage.

»Wer kann das sein?« fragte Eleanor.

Adrian ging zum Fenster und sah hinaus, wobei er die Augen seitwärts verdrehen mußte, um den Parkplatz vor dem Haus einsehen zu können.

»Es ist Sam«, sagte er.

»Ha, ha«, machte Eleanor und blieb ganz ruhig. Sie las weiter Fanny Tarrants Interview.

»Ist er etwa nicht Besitzer eines grünen Range Rovers mit dem Kennzeichen SAM 1?« fragte Adrian.

Eleanor stand auf und ging zum Fenster, um hinauszuschauen. »Mein Gott, es *ist* Sam.« Sie lief Richtung Tür, blieb stehen, drehte sich um und drückte Adrian das Feuilleton der ›Sentinel‹ in die Hand. »Hier, versteck das«, sagte sie.

»Wieso?« fragte Adrian. Die Türglocke läutete.

»Vielleicht hat er sie noch nicht gelesen, bis jetzt.«

»Wo?«

»Wo auch immer.«

Wieder läutete es an der Tür, und Eleanor hastete hinaus in die Halle, wobei sie sich die Baumwollhandschuhe abstreifte und in die Taschen ihres Morgenmantels stopfte. Adrian hörte, wie sie die Vordertür entriegelte und sie dann aufmachte, wobei sie einen wirkungsvollen Überraschungsschrei ausstieß: »Sam! Was treibst du hier, so früh am Morgen? Komm doch rein!«

Adrian schob die ›Sentinel Review‹ unter ein Sofakissen. Dann kam ihm noch ein Gedanke, und er schob alle anderen Zeitungen unter das Sofa außer Sichtweite, eben als Eleanor mit Sam zurückkam.

»Adrian, schau mal, wer hier ist«, sagte sie.

»Ey, Partner«, sagte Sam. Je mehr Erfolg er gehabt hatte, desto mehr betonte er seine Herkunft durch einen deutlichen Cockney-Akzent. Aber seine Begrüßung wirkte nicht gerade herzlich und sein Lächeln aufgesetzt, wie das, was unter Freunden bei Beerdigungen ausgetauscht wird. Er hatte eine zusammengerollte Zeitung bei sich und klopfte sich damit auf den Oberschenkel. Er trug saubere, frisch gebügelte Jeans, eine glatte Wildlederjacke und ein Polohemd aus

Baumwolle, die jeweils den Namen unterschiedlicher Stardesigner trugen. Sam war nicht so klein, wie Fanny Tarrant angedeutet hatte, aber schon ein wenig unter Durchschnittsgröße. Seine Haut war im Gesicht gebräunt und um die Augen von Lachfalten durchzogen, er war der leicht affenartige Typ mit Stupsnase und wulstiger Oberlippe.

»Sam!« sagte Adrian und übernahm Eleanors Überraschungstonfall in leicht abgeschwächter Form. »Was führt dich her so früh am Sonntagmorgen?« Er ging ihm mit ausgestreckter Hand entgegen. Um sie zu schütteln, mußte Sam die Zeitung von der rechten in die linke Hand übernehmen. Es war ein Exemplar der ›Sentinel Review‹.

»Ich fliege heute morgen nach L. A., von Gatwick«, erklärte Sam. »Dachte, ich sollte unterwegs mal bei euch vorbeischauen.«

»Was für eine nette Überraschung«, sagte Eleanor. »Wir haben dich ja eine Ewigkeit nicht mehr gesehen. Hast du schon gefrühstückt?«

»Soviel ich runterkriegen konnte«, sagte Sam.

»Wie wär's mit einem Kaffee?«

»Danke, das klingt gut.«

»Ich koche uns frischen.« Eleanor griff zur Kaffeekanne.

»Nein, laß doch«, sagte Sam. »Der tut's vollkommen. Ich mag lauwarmen Kaffee.« Er hielt die ›Sentinel Review‹ hoch. »Habt ihr das gesehen?«

»Was denn?« fragte Eleanor.

»Die ›Sentinel‹ von heute. Habt ihr gelesen, was dieses Miststück Fanny Tarrant über mich geschrieben hat?« Er setzte sich aufs Sofa, fühlte die Zeitung unter dem Kissen und zog sie hervor. »Wie ich sehe, habt ihr das«, sagte er.

»Ich hab's überflogen«, sagte Eleanor.

»Und *du?*« Sam wandte sich an Adrian.

»Ellie hat mir ein bißchen daraus vorgelesen«, gestand er. Sam schaute vorwurfsvoll zu Eleanor.

Sie reichte ihm eine Tasse Kaffee. »Bloß den Anfang.«

»Na ja, es wird nicht besser«, sagte Sam.

»Was hast du für ein Gefühl dabei?«

»Das Gefühl, als hätte mir ein gallenkranker Raubvogel aus großer Höhe auf den Kopf geschissen«, sagte Sam.

Adrian lächelte. »Gut gesagt. Ist dir das eben eingefallen?«

»Es ist ein Zitat«, sagte Sam.

»Ach ja?« sagte Adrian. »Woraus?«

»Aus meiner vorletzten Serie.«

»Sam«, sagte Eleanor. »Wie konntest du dieser Frau ein Interview geben, was ist in dich gefahren? Du mußt ihr Zeug doch gelesen haben.«

»Vermutlich ... Ich weiß es nicht mehr«, sagte Sam. »Da kommen so viele von denen, mit ihren Kolumnen und ihren Interviews ...«

»Aber sie ist berühmt«, sagte Eleanor.

»Nein, berühmt bin *ich*«, sagte Sam und deutete mit seinem Zeigefinger auf die eigene Brust. »Sie gibt es noch nicht lang genug, um berühmt zu sein.«

»Dann eben berüchtigt. Für ihren rüden Umgang mit Menschen.«

»Eines Tages hat sie mich angerufen, ganz begeistert

von *The Bottom Line.* Anscheinend mochte sie es wirklich.«

»Und auf den alten Trick bist du reingefallen?« fragte Eleanor.

»Ich weiß, ich weiß ... Aber ich wollte mir einfach nicht vorstellen, daß jemand, der so intelligente Sachen über meine Arbeit sagen konnte, etwas schreiben würde, das dermaßen...« Sam schüttelte den Kopf, immer noch fassungslos über Fanny Tarrants Bösartigkeit. »Sie ist sogar zum Lunch geblieben. Von mir selbst zubereitet: hausgemachtes Brunnenkressesüppchen, kalt pochierter Lachs mit Mayonnaise – echte Mayonnaise, nicht das pomadige Zeug aus der Tube. Und eine Flasche Pouilly Fuissé, die Kiste kostet mich 150 Eier.«

»Armer Sam«, sagte Eleanor.

»Das wirkt wirklich sehr undankbar«, sagte Adrian. »Besonders nach der Mayonnaise und allem.«

»Ich habe den Eindruck, du findest das komisch?« sagte Sam.

»Aber nein.« Sam musterte ihn mißtrauisch. »Nein«, wiederholte Adrian und schüttelte energisch den Kopf. Doch seine Lippen zuckten.

»Sam, ich geh mir rasch was überziehen«, sagte Eleanor. »Du kannst doch noch etwas bleiben, Sam?«

»Halbe Stunde oder so.«

»Oh, gut, bei mir dauert es nur eine Minute. Wir haben uns ja eine Ewigkeit nicht mehr gesehen.«

»Ich habe gearbeitet wie ein Geisteskranker. Ich habe niemanden gesehen«, sagte Sam.

»Außer Fanny Tarrant«, stellte Adrian fest, als Eleanor hinausgegangen war.

»Das war Arbeit«, sagte Sam. »Nur weil du dich hinter die Kulissen zurückgezogen hast, Adrian, mußt du nicht glauben, du seiest was Besseres als wir, die wir noch davor herumhängen müssen.«

»›Herumhängen‹? Ich fürchte, diese Meetings in Hollywood haben deine Sprache ganz schön verdorben, Sam.«

»Am Dienstag habe ich eins, das wirklich wichtig ist. Ich bete zu Gott, daß keiner die ›Sunday Schadenfreude‹ ins Studio mitbringt.«

»Irgend jemand wird sie ihnen schon schicken, darauf kannst du dich verlassen.«

»Danke, du kannst einem echt Mut machen.«

»So ist die Welt, in der wir leben, Sam. Oder zumindest die, in der *du* lebst.«

»Was für eine Welt denn?«

»Eine Welt, die von den Medien gemacht wird. Klatschkultur.«

»Du meinst Neidkultur«, stellte Sam richtig. »In diesem Land gibt es Leute, die hassen einfach Erfolg. Du arbeitest hart, machst dir einen Namen, verdienst etwas Geld, und schon tun sie alles, was in ihrer Macht steht, um dich kleinzukriegen.«

»Aber du selbst gibst ihnen doch Macht über dich, indem du einem Interview zustimmst mit jemandem wie Fanny Tarrant«, sagte Adrian.

»Es ist so einfach, sauber zu bleiben, wenn man keine schmutzigen Angebote kriegt.«

»Ich hatte eins«, sagte Adrian.

Sam sah ihn überrascht an. »Wie, von Fanny Tarrant? Wann?«

»Vor ein paar Wochen.«

»Und was hast du gesagt?«

»›Nein, danke‹, habe ich gesagt.«

»Warum wollte sie dich interviewen?«

»Ach, weißt du, ganz vergessen bin ich noch nicht als Autor«, sagte Adrian.

»Natürlich nicht, ich wollte ja nicht sagen …« Sam kam einen Moment ins Schwimmen.

»*The Hideaway* ist Pflichtlektüre für die Oberstufe.«

»Und das völlig zu Recht«, nickte Sam, der seine Fassung wiedergewonnen hatte. »Aber *The Hideaway* wurde vor zwanzig Jahren veröffentlicht. Sonntagszeitungen haben es in der Regel gern ein wenig aktueller. Was war Fanny Tarrants Aufhänger?«

»Aufhänger?«

»Ja, Aufhänger«, sagte Sam, als müsse er einem Kind etwas erklären. »Der Aufhänger für das Interview mit mir war zum Beispiel die anstehende Ausstrahlung von *Darkness*.«

»Ah, ich verstehe.«

»Aber ich bezweifle, daß Fanny Tarrant vorhatte, als Aufhänger für ihr Interview mit dir das *Paragon Book of Cricket Writing* zu nehmen. Das war doch deine letzte Anthologie, oder?«

»Nein, das war *Wills and Testaments,* um genau zu sein«, sagte Adrian. »Ich weiß wirklich nicht, warum sie von mir ein Interview wollte. War auch nur Nebensache. Hauptsächlich hat sie angerufen, um mir ein paar Fragen zu stellen, zu dir …«

»Ich hoffe, du hast ihr nichts erzählt.«

»Natürlich nicht.«

»Na ja, irgendwer hat aber. Irgendwer hat ihr erzählt, ich wäre...« Sam ließ den Satz unvollendet.

»...Toupetträger?« fragte Adrian. Dann, da Sam ihn vorwurfsvoll ansah: »Ich war's nicht.«

Sam glaubte ihm anscheinend. »Wenn ich sie jetzt in die Finger kriegen würde, erwürgen könnte ich das Miststück.«

»Warum wirst du so sauer?« fragte Adrian. »Das solltest du dir verbieten, schon weil es genau das ist, was sie will. Die Genugtuung solltest du ihr nicht gönnen. Lach doch darüber.«

»Das würdest du nicht sagen, wenn du den ganzen Riemen gelesen hättest.«

»Laß doch mal sehen«, sagte Adrian. Er ließ sich die Zeitung von Sam geben, der schon die fragliche Seite aufgeschlagen hatte, und fing stumm zu lesen an. Nach ein paar Sekunden mußte er kichern. »Sie ist nicht ganz unkomisch, wie?«

»Findest du?« fragte Sam kühl.

»Wie ist sie sonst so?« fragte Adrian zurück und las weiter.

»Attraktiv, aber frigide. Gute Beine. Ihre Titten konnte ich nie richtig sehen, sie behielt ihre Jacke an.«

Adrian sah von der Zeitung auf und seufzte. »Ich meinte mehr als soziales Wesen.«

»Oh ...« Sam überlegte einen Moment. »Der geborene Blondinenwitz, aber mit Ambitionen. Gesamtschule in Basildon, dann Anglistik in Cambridge. Bezeichnet sich selbst als Post-Feministin.«

»Das tut sie«, bestätigte Adrian. Er las aus der Zeitung vor: »Samuel Sharp behauptete, das Wort habe er nie verstanden. Ich erklärte, es bedeute, daß ich mir den Feminismus angeeignet habe, ohne je von ihm besessen gewesen zu sein. Darauf er mit kokettem Lächeln: ›Oh, dann bin ich ja auch Post-Feminist.‹ Ich sagte, das sei kaum zu glauben angesichts der Art, wie er die Frauen in seinen Drehbüchern behandle. Er bemühte sich, ruhig zu bleiben, und fragte, wie ich das meine. Ich sagte, daß ich mir Videos von all seinen Fernsehfilmen und Serien angeschaut habe und daß darin ausnahmslos Szenen enthalten seien, in denen es nackte Frauen mit bekleideten Männern zu tun hätten. Die Striptease-Show in *The Bottom Line,* das Maleratelier in *Brush Stroke,* der Operationssaal in *Fever Chart,* die Voyeurszene in *Happy Returns,* die Vergewaltigung in *Shooting the Rapids,* die Szene auf dem Sklavenmarkt in *Dr Livingstone, I presume* ...« Adrian warf einen Seitenblick auf Sam, den diese Verlesung immer nervöser machte. »Ihre Hausaufgaben hat sie jedenfalls gemacht, oder?«

»Sie pickt sich eine winzige Komponente aus meinem Werk und bläst sie auf bis zum Gehtnichtmehr«, sagte Sam. »Jede dieser Szenen ist durch den Kontext gerechtfertigt.«

Adrian las weiter vor: »Und in seinem letzten Film *Darkness,* in dem er selbst Regie geführt hat ... Ist das klug, selbst Regie zu führen?«

»Wer könnte mein Werk besser verstehen?«

Adrian starrte Sam für einen Moment sprachlos an, dann fuhr er fort: »... Und in seinem letzten Film *Darkness,* in dem er selbst Regie geführt hat, gibt es eine längere Szene, in der eine Frau nackt in ihrer Wohnung herumläuft, während sie eine Mahlzeit zubereitet für einen Mann, der vollständig bekleidet ist.«

»Aber das macht sie, weil sie glaubt, er wäre blind!« sagte Sam.

»›Aber das macht sie, weil sie glaubt, er wäre blind!‹ erklärt Samuel Sharp«, las Adrian aus der Zeitung vor. »Als ob damit alles gerechtfertigt sei. Ich wies darauf hin, daß *wir* wissen, daß er *nicht* blind ist. ›Wird der voyeuristische Reiz damit nicht noch intensiver? Ist es nicht der alte Schuljungentraum, unsichtbar zu sein in der Damenumkleidekabine?‹ Samuel Sharps Augen flackern nun in beängstigender Frequenz hinüber zum Spieglein an der Wand.«

»Siehst du, das habe ich gemeint«, erklärte Sam. »Sie will mich fertigmachen.« Er streckte die Hand nach der Zeitung aus, Adrian las weiter laut vor. Er schien sich gut zu amüsieren. »Ich sagte, daß ich gehört hätte, er habe sich mächtig darüber aufgeregt, daß er während der Vergewaltigungsszene in *Shooting the Rapids* nicht am Set sein durfte. Er sagte, daß die ganze Aufregung von der Schauspielerin ausgegangen wäre, so als hätte sie zuvor noch nie vor jemandem die Höschen heruntergelassen. Ich fragte ihn, wie er sich fühlen würde, wenn er vor einem kleinen Häufchen schweigender Männer, die intensiv mit ihren Apparaten beschäftigt wären, die Hosen runterlassen müßte. Er sagte: ›Mag sein, daß Schauspieler bei Gelegenheit ihren Arsch entblößen müssen. Ich entblöße meine Seele jedes Mal, wenn ich mich an den Computer setze.‹« Adrian hörte auf zu lesen und schaute Sam an. »Hast du das wirklich gesagt? ›Ich entblöße meine Seele jedes Mal, wenn ich mich an den Computer setze‹?«

»Kann sein«, sagte Sam. »Aber der Rest ist ein Gewebe aus Lügen und Entstellungen. Ich werde der Zeitung einen Brief schreiben.«

»Schreib ihn, wenn es unbedingt sein muß, aber schick ihn nicht ab«, sagte Adrian und ließ die Zeitung sinken.

»Warum nicht?«

»Du gibst dir nur noch eine Blöße.«

»Irgendwas muß ich doch unternehmen.«

Für einige Augenblicke überließen sich beide Männer schweigend ihren Gedanken zu diesem Thema. »Du könntest Fanny Tarrant in deiner nächsten Fernsehserie auftreten lassen, fadenscheinig maskiert als übergeschnappte Nymphomanin«, schlug Adrian vor.

Sam schüttelte den Kopf. »Daran habe ich schon gedacht. Aber da spielt die Rechtsabteilung nie mit.«

»Dann kann es für dich nur heißen: lächle und leide.«

Sam sah Adrian an. »Es wäre viel effektiver, wenn der Gegenangriff von jemand anderem kommen würde...«

»O nein«, sagte Adrian.

»Was denn?«

»Du möchtest, daß *ich* einen Brief an die ›Sentinel‹ schreibe?«

»Nein, ich habe eine bessere Idee«, sagte Sam. »Angenommen, du erklärst dich bereit, Fanny Tarrant ein Interview zu geben...«

»Für mich klingt das durchaus nicht wie eine gute Idee«, sagte Adrian.

»Nein, hör zu... Weißt du noch, wie wir diesen Lokalreporter von diesem Käseblatt geleimt haben, damals achtundsechzig? Bei dem großen Sit-in?«

Adrian grinste. »Wie könnte ich das vergessen?« Er hob die Faust und zitierte: »›Der Revolutionäre Studentenrat fordert die Berufung von Professoren durch demokratisch gewählte Gremien, in denen sämtliche Bereiche der Universität vertreten sind.‹«

»›Einschließlich der Pförtner, des Teeküchenpersonals und der Reinigungskräfte‹«, ergänzte Sam. »Die nicht zu vergessen.«

»›Wir fordern studentische Selbstprüfungen anstatt professoraler Examen.‹«

»›Doppelbetten für unverheiratete Paare in Studentenwohnheimen.‹«

»›Die Freigabe von Marihuana zum Genuß in Seminarräumen.‹«

»Und er hat alles lammfromm mitgeschrieben, ist in die Redaktion gegangen, und die ›Post‹ hat es ganzseitig auf dem Titel gebracht.«

Sie lachten in gemeinsamer Erinnerung, bis bei Adrian der Groschen fiel.

»Du willst doch nicht vorschlagen, daß ich versuchen soll, Fanny Tarrant zu leimen?« fragte er.

»Warum nicht?«

»So tun, als wäre ich ein drogenabhängiger, pädophiler Frauenschläger, meinst du sowas? Und hoffst, daß sie blöd genug ist, das zu drucken?«

»Wir brauchen ja nicht ganz so dick aufzutragen«, sagte Sam.

Adrian schüttelte den Kopf. »Die Frau ist keine

Anfängerin aus der Lokalredaktion, Sam. Das läuft nicht.«

»Nein, du hast vermutlich recht«, bedauerte Sam. Er runzelte konzentriert die Stirn und verzog das Gesicht zu einer nachdenklichen Grimasse. Dann: »Warte mal ...«, sagte er. Seine Miene hellte sich auf. »Warte mal! Nehmen wir mal an, du gibst ihr ein normales Interview, nutzt aber die Gelegenheit, *sie* zu porträtieren, für eine andere Zeitung und zur Kenntlichkeit entstellt.«

»Wie?« fragte Adrian.

»Denk mal an diese satirischen Porträts, die du früher für unser altes Magazin geschrieben hast. *Die Kabalen des Kaplans, Der Fiese-Kanzler.* Etwas in der Art.«

»Die fragwürdige Fragestellerin?«

»Das ist die Richtung. Solange unmißverständlich klar ist, um wen es sich handelt, könnten wir es ohne Probleme unterbringen. Es gibt eine Menge Leute, die es gern sähen, wenn Fanny Tarrant einen Dämpfer verpaßt kriegte, oder zwei. Bei der ›Chronicle‹ kenne ich jemanden, der sofort darauf anspringen würde.«

»Das bezweifle ich gar nicht, Sam, aber –«

Sam hüpfte durch den Raum, ganz erfüllt von der Brillanz seines Plans. »Dreh den Spieß einfach um! Du interviewst das Miststück, wenn sie glaubt, daß sie dich interviewt! Wühle in ihrer Vergangenheit. Finde heraus, wie sie tickt. Woher der Neid? Woher die Bösartigkeit? Hol alles raus. Schlag sie mit ihren eigenen Waffen. Wäre das nicht brillant?«

»Würde sie nicht Verdacht schöpfen, wenn ich sie anrufe und sage, ich hätte es mir anders überlegt?«

»Ach, du ahnst ja gar nicht, wie eingebildet diese Leute sind. Sie glauben, die ganze Welt würde nur darauf warten, von ihnen interviewt zu werden.«

»Den Eindruck kann sie von mir nicht gehabt haben«, sagte Adrian.

»Dann nehmen wir jemand anderen, der sie für dich anruft…« sagte Sam. »Dein Agent! Das perfekte Alibi: Du hast ihm gegenüber ihre Einladung beiläufig erwähnt, und er hat dich überredet, sie anzunehmen.«

»Geoffrey würde meinen Namen natürlich liebend gern wieder mal in der Zeitung sehen, aber –«

»Du sagst es!« kreischte Sam. »Du könntest ein Sahnestück daraus machen. All das Zeug über Klatschkultur drüberstreuen. Du würdest garantiert deinen Spaß haben.«

»Dein Plan hat nur einen Haken.«

»Und der wäre?« fragte Sam.

»Fanny Tarrant würde mich umgekehrt genauso zur Sau machen.«

Sam verschlug es einen Moment die Sprache. »Nicht unbedingt«, sagte er gedehnt.

»Nein?«

»Nein… sie ist nicht immer so ein Miststück.«

»Nicht? Ich dachte, du könntest dich gar nicht erinnern, ihr Zeug je gelesen zu haben.«

»Ich habe mal einen netten Artikel von ihr gesehen, über irgendwen. Wer war es noch?« Er runzelte nachdenklich die Stirn.

»Mutter Teresa?« fragte Adrian spöttisch.

»O Gott, nein, mit Mutter Teresa ist sie brutal umgesprungen«, sagte Sam.

»Mutter Teresa hat ihr ein Interview gegeben?« fragte Adrian ungläubig.

»Nein, das war in einer ihrer täglichen Kolumnen... Sie kann den Gedanken nicht ertragen, daß jemand von Natur aus gut und gleichzeitig zu Recht berühmt ist.«

»Na, dann wäre ich ja bestimmt fein raus«, sagte Adrian.

»Paß auf«, sagte Sam ernsthaft, »diese Leute können nicht nur Holzhammertexte schreiben, sonst würde doch niemand mehr mit ihnen sprechen. Hin und wieder machen sie also ein sympathisches Interview, nur um die Sache am Kochen zu halten. Ich wette, sie hat dich auf der Liste als ihren nächsten Mister Sympathisch.«

»Du hast wohl gehofft, den Part könntest du übernehmen?« fragte Adrian.

Soweit man das Sams Miene entnehmen konnte, war das gut geraten.

»Komm schon, Adrian«, sagte er eindringlich. »Ich bin dein alter Kumpel. Das mußt du für mich tun. Bitte!« Und er sank theatralisch auf die Knie nieder.

Eleanor, die jetzt ein loses Baumwollgewand trug, betrat wieder den Raum.

»Was geht hier vor?« fragte sie lächelnd.

»Sam hat ein Attentat auf Fanny Tarrant vor, mit mir als Täter«, erklärte Adrian.

Sam erhob sich mühsam. »Na ja, als Adrian mir erzählt hat, daß sie unbedingt ein Interview haben wollte mit ihm –« begann er.

Eleanor starrte Adrian an. »Fanny Tarrant wollte ein Interview mit dir?«

»Sie erwähnte sowas, als sie mich wegen Sam anrief.«

»Folgender Plan –« sagte Sam.

»Aber wieso?« Eleanors Interesse konzentrierte sich weiter auf Adrian.

»Weiß ich nicht. Wahrscheinlich wollte sie mich nur ködern.«

»Paß auf, folgender Plan –«

»Sams Plan« – warf Adrian ein.

»Folgender Plan«, sagte Sam, »Adrian willigt ein, sich interviewen zu lassen, zu dem Zweck, ein satirisches Porträt über Fanny Tarrant zu schreiben – wovon sie natürlich nichts ahnt.« Eleanor fuhr fort, Adrian anzustarren, während Sam händereibend weiterbrabbelte. »Mir gefällt das immer besser, je länger ich darüber nachdenke. Daraus könnte ein völlig neues Genre entstehen. Der Spieß wird umgedreht. Die Künstler schlagen zurück. Es ist weiß Gott an der Zeit. Diese jungen Arschlöcher hatten viel zu lange *carte blanche*. Warum sollen wir immer nur die Zähne zusammenbeißen und gute Verlierer abgeben? Warum sollen wir nicht zur Abwechslung mal austeilen? Kunstwerktätige dieser Welt, vereinigt euch! Wir haben nichts zu verlieren außer unseren Fairplay-Medaillen.« Er ballte die Faust.

»Sei nicht albern, Sam«, sagte Eleanor wie eine Mutter, die ihr überdrehtes Kind beruhigen möchte. Adrian griff sich die ›Sentinel Review‹ und verdrückte sich Richtung Tür. »Wo willst du hin?« fragte sie.

»Zum Klo, mit deiner Erlaubnis«, sagte Adrian.

Sam zeigte auf die Zeitung in seiner Hand. »Willst du das mitnehmen?«

»Lesestoff«, sagte Adrian beim Hinausgehen.

»Du kannst dir den Hintern damit abwischen!« rief Sam ihm nach.

»Sam, was regst du dich auf?« sagte Eleanor. »Ist doch bloß ein dummer kleiner Artikel von einer dummen kleinen Journalistin.«

»Aber lesen wird ihn jeder, den ich kenne«, sagte Sam und lief ruhelos im Zimmer herum. »Genau in diesem Moment erhebt sich ein Kichern über Tausenden von Frühstückstischen überall in London und Umgebung, und es liegt in der Luft wie Rauch von einem Brandopfer.« Er nahm einen Tonkrug zur Hand. »Der ist hübsch. Selbstgemacht, von dir?«

»Ja.«

»Sehr hübsch... ist er zu verkaufen?«

»Nicht an dich, Sam. Wenn er dir gefällt, betrachte ihn als Geschenk.«

»Kommt nicht in Frage. Wären hundert Pfund angemessen?«

»Viel zuviel.«

»Dann gebe ich dir fünfundsiebzig.« Er zückte sein Scheckbuch.

»Das ist sehr großzügig. Hier und da verkaufe ich das eine oder andere Stück. Das ist sehr befriedigend.«

»Du hast wirklich Talent.« Sam setzte sich an den Tisch und stellte einen Scheck aus. »Ellie, sei ehrlich, bin ich wirklich der Scheißkerl, den das Miststück aus mir gemacht hat?«

Eleanor tat so, als müsse sie über diese Frage nachdenken. Sie schaute zur Decke und strich sich über ihr Kinn. »Na ja...«

»In Ordnung, ich bin ein bißchen eitel«, sagte Sam.

»Aber ich habe auch allen Grund dazu. Drei *Royal Television Society Awards,* zwei *Emmys,* ein *Bronzener Löwe,* eine *Silberne Nymphe* –«

»Silberne Nymphe?«

»Vom Fernsehfestival in Monte Carlo, da gibt's Silberne Nymphen. Ein Goldener Scheißhaufen aus Luxemburg – für mich sieht er jedenfalls so aus. Hier.« Er reichte Eleanor den Scheck.

»Danke, Sam.«

»Und jetzt schreibe ich einen echten Spielfilm, vielleicht kriege ich einen Oscar dafür.«

»Wovon handelt dein Film?« fragte Eleanor.

»Florence Nightingale.«

»Was weißt du über Florence Nightingale?«

»Mehr als die Produzenten, und das ist die Hauptsache. Es existiert sogar schon ein Drehbuch. Ich soll es umschreiben.«

»Ist eine Nacktszene für Florence Nightingale drin?« wollte Eleanor wissen.

»Mach dich ruhig lustig, Ellie. Immerhin soll ich dreihunderttausend Dollar kriegen für einen Monat Arbeit. Und das in einem Haus mit Pool in Beverly Hills.«

»Meine Güte!«

»Doch was nützt mir mein Erfolg, wenn ich niemanden habe, ihn zu teilen?« Sam lamentierte wie ein Schmierenkomödiant. »Ich lebe mutterseelenallein in meinem luxuriös möblierten Bauernhaus, ruhelos von Raum zu Raum ein Meer von Teppichen durchwatend, dem Ticken der Uhren lauschend und voll Verlangen nach dem Klingeln des Telefons.«

»Eben hast du noch gesagt, du wärest zu beschäftigt, um bei uns vorbeizukommen«, machte Eleanor ihn aufmerksam.

»Beschäftigt bin ich und einsam. In unseren Kreisen derzeit ein weitverbreiteter Widerspruch. Und überhaupt…« Sams Redefluß versiegte.

»Was?«

»Es fällt mir nicht leicht, Ellie, aber offen gesagt, ist es mir neuerdings unangenehm, Adrian zu treffen. Du weißt doch, wie es früher war, in den alten Tagen. Er schrieb seine Romane, ich schrieb meine Stücke. Wir hatten Erfahrungen auszutauschen über den Fortgang unserer Arbeit. Jetzt komme ich her und palavere endlos über meine Projekte, und er hat nicht mal einen Furz zu erwidern. Das ist, als ob du beim Tennis aufschlägst, und dein Gegenüber hat keine Arme.«

»Adrian macht das nichts aus.«

»Tja, mir schon. Ich komme mir vor wie ein… Angeber.«

»Du doch nicht, Sam«, sagte Eleanor trocken.

»Er tritt auf der Stelle. Ihr beide tretet auf der Stelle.«

»Nein, das tun wir nicht«, sagte Eleanor. »Ich habe meine Töpferei. Adrian hat seine Anthologien.«

»Ihr geht nie aus.«

»O doch. Wir machen Wanderungen in die Berge. Oder fahren an die See.«

»Ich rede nicht von Wanderungen und Ausfahrten«, sagte Sam.

Eleanor holte die Zeitungen unter dem Sofa hervor und begann sie ordentlich aufzustapeln. »Wenn du von Vernissagen, Premieren, Galas und solchen Sachen redest…« sagte sie.

»Ja, von solchen Sachen rede ich.«

»Kein Interesse mehr.«

»Adrian hat vielleicht kein Interesse mehr«, betonte Sam. »Aber du schon. Sonst würdest du doch nicht diese ganzen Sonntagszeitungen lesen.«

Eleanor lächelte süßsauer. *»Touché.«*

»Wärst du mit mir verheiratet, wärst du mittendrin und nicht bloß als lesender Zaungast dabei.«

»Heute morgen erscheint mir die Vorstellung nicht so reizvoll«, sagte Eleanor.

»Oh, naja«, sagte Sam. *»Touché.«* Der Gedanke an Fanny Tarrants Artikel stimmte ihn wieder düster. »Das Miststück«, sagte er. Dann, nach einer Pause: »Wieso hat Adrian aufgehört zu schreiben?«

»Er hat lediglich mit Romanschreiben aufgehört. Eine Art Ruhestand.«

»Schriftsteller gehen nicht in Ruhestand. Niemand hört freiwillig auf zu schreiben.«

»Er schreibt immer noch Sachbücher«, sagte Eleanor.

»Du meinst diese Anthologien? Dazu braucht man nur Schere und Klebstoff.«

»Sie haben Vorworte.«

»Ja, sie haben Vorworte«, sagte Sam. »Ellie, um Himmels willen, Adrian Ludlow war einmal die große weiße Hoffnung des englischen Romans!«

»Ja, sicher, das war einmal«, sagte Eleanor, als schließe sie endgültig eine Schublade, die unabsichtlich geöffnet wurde. »Sam, so mag ich mit dir nicht über Adrian sprechen, hinter seinem Rücken.«

Sam rückte näher heran und versuchte Eleanor den Arm um die Taille zu legen.

»Es käme mir viel natürlicher vor, wenn wir ein Paar wären«, sagte Sam halb scherzhaft.

Eleanor löste sich geschickt aus seiner Umarmung. »Versuchst du mit Laura gleichzuziehen?«

»Die Geschichte mit Laura, das war von Anfang an ein Fehler.«

»Ich fand dich immer zu alt für sie –«

»Nein, sie war zu jung für mich«, sagte Sam. »Aber du hast recht. Ich brauche eine erwachsene Frau.«

»Du hättest bei Georgina bleiben sollen«, sagte Eleanor.

»Du meinst, Georgina hätte bei mir bleiben sollen.« Die Erinnerung an seine erste Frau ließ Sam die Stirn runzeln. »Ich wüßte zu gern, ob es Georgina war, die dem Miststück etwas erzählt hat von meinem« – mitten im Satz brach er ab.

»Toupet?« fragte Eleanor. Sam schaute pikiert. »Entschuldige, Sam. Ich sollte dich nicht kränken. Nicht heute morgen.«

Eleanor gab Sam einen unschuldigen Kuß auf die Stirn. Er hielt sie fest und küßte sie auf den Mund. Eleanor erwiderte den Kuß zunächst halbherzig, doch nach ein oder zwei Augenblicken stieß sie ihn weg. »Sam, nicht…«

»Warum nicht?«

»Du benutzt mich nur als Balsam für dein wundes Ego.«

»Das tue ich nicht.«

»Das tust du doch. War keine andere Frau verfügbar so früh am Sonntagmorgen?«

»Ellie, es vergeht kein Tag, an dem ich mir nicht

wünschte, du hättest mich geheiratet und nicht Adrian.«

»Lügner.«

»Es ist die Wahrheit.«

»Adrian hat um mich angehalten, du nicht.«

»Aber das war Betrug! Wir glaubten nicht an die Ehe damals, hast du das vergessen?«

»Ich versuche es.«

»Wir wollten eine Kommune gründen.«

Eleanors Lachen war kurz und klang sarkastisch. »Das wäre eine Kommune geworden, mit zwei Schriftstellern.«

»Aber Adrian hat gemerkt, wie du dich heimlich nach den alten bürgerlichen Absicherungen gesehnt hast. Ich wette, er hat sogar vor dir gekniet, oder nicht?«

»Sam, über die Zeiten möchte ich nicht sprechen«, sagte Eleanor heftig. Sie wirkte geradezu aufgebracht.

»Schon gut«, sagte Sam und hob beschwichtigend die Hände.

»Du weißt genau, warum«, sagte Eleanor.

Adrian kam aus der Halle und hörte gerade noch die letzte Zeile. Er trug einen Jogginganzug und Laufschuhe, hatte ein Handtuch um den Hals geschlungen und brachte den Feuilletonteil der ›Sentinel‹ wieder mit.

»Warum was?« fragte er.

»Nichts«, antwortete Eleanor. Sie hatte es plötzlich eilig, das schmutzige Frühstücksgeschirr auf ein Tablett zu stellen.

Sam musterte Adrian von oben bis unten. »Wieso trägst du einen Jogginganzug?«

»Weil ich Sonntag morgens gewöhnlich etwas joggen gehe und danach kurz in die Sauna.«

»Du willst mir doch nicht erzählen, daß du dich immer noch in diesem stinkigen Geräteschuppen räuchern läßt?«

»Die Einrichtung hat sich stark verbessert, seit du sie zuletzt gesehen hast«, sagte Adrian. »Schade, daß du keine Zeit hast, mitzukommen.«

»Nein, danke. Ich bin allergisch gegen Saunas.«

»Wie schade. Würde deinem Immunsystem guttun, Fanny Tarrants Gift auszuschwitzen.«

»Für Adrian ist die Sauna ein Allheilmittel«, behauptete Eleanor. »Möchtest du auch bestimmt keinen frischen Kaffee, Sam?«

»Ein Saft wäre herrlich, wenn du welchen da hast.«

»Klar.« Eleanor nahm das volle Tablett mit in die Küche.

Adrian legte den Feuilletonteil auf den Tisch. »Tja, ich habe es durch.«

»Daß du Manschetten vor ihr hast, kann ich dir nicht verübeln«, sagte Sam. »Aber wenn du deinen Artikel gleichzeitig mit ihrem veröffentlichen würdest, könnte ihr das den Wind aus den Segeln nehmen.«

»Ich habe keine Angst vor Fanny Tarrant«, sagte Adrian.

»Oder noch besser: vor ihrem«, sagte Sam und verfolgte seinen Gedankengang, ohne auf Adrians Bemerkung einzugehen. »Dann würde die ›Sentinel‹ ihren Artikel über dich womöglich gar nicht mehr bringen. Und auf jeden Fall –«

»Sam –«

»Auf jeden Fall würden sich deine Ladenhüter besser verkaufen, was immer sie über dich schreibt.«

»Ich verkaufe gar nicht mal so schlecht«, sagte Adrian. »*The Hideaway* ist –«

»Im Lesebuch für die Oberstufe. Ja, das sagtest du bereits. Aber das wird dich nicht reich machen. Genausowenig wie noch ein Paragon-Hausbuch des Letzten Drecks. Was du brauchst, ist eine Fernsehserie und die passende Taschenbuch-Neuauflage dazu. Ich sage dir was: Ich werde der BBC *The Hideaway* als Serie anbieten.«

»Das haben sie schon vor Jahren abgelehnt«, sagte Adrian.

»Ja, aber diesmal bin ich es, der ihnen anbietet, das Drehbuch zu schreiben.«

»Das hättest du schon früher anbieten können.«

Sam wirkte etwas unbehaglich. »Gut, das hätte ich wahrscheinlich, aber du weißt, wie es läuft. Ich hatte *dermaßen* viel zu tun...«

»Sam, du hast es nicht nötig, mich zu bestechen.«

»Mach ich doch gar nicht!« protestierte Sam. »Nein. Sobald ich aus den Staaten zurück bin, drücke ich den Jungs von der BBC *The Hideaway* aufs Auge, egal ob du den Fanny-Tarrant-Schwindel durchziehst oder nicht, ehrlich, das mache ich. Alles, was ich verlange, ist, daß du es dir überlegst.« Sam sah zur Uhr. »Jesus, ich muß los... Du sollst es dir nur überlegen, okay?«

»Ich habe es mir schon überlegt«, sagte Adrian. »Ich mach's.«

Sam starrte ihn an. »Was?«

»Ich habe versucht, es dir zu sagen. Ich habe mich dazu entschlossen, als ich auf dem Klo war. Ich mach's.«

Eleanor kam aus der Küche mit einem Krug Orangensaft und Gläsern auf einem Tablett, hörte eben noch den letzten Satz und blieb stehen.

»Oh«, sagte Sam, von Adrians Ankündigung sichtlich kalt erwischt. »Gut, großartig«, fügte er hinzu. Er sah nervös zu Eleanor hinüber, die Adrian anschaute.

»Du machst was?« sagte sie. Adrian lächelte nichtssagend, antwortete aber nicht.

»Ich muß los, Ellie«, sagte Sam. »Schade um den Saft.« Zu Adrian gewandt: »Ich werde Peter Reeves von der ›Chronicle‹ anrufen und ihm sagen, daß er sich mit dir in Verbindung setzen soll.«

»In Ordnung«, sagte Adrian.

»Halt mich auf dem laufenden. Hast du E-Mail?«

»Nein«, sagte Adrian. »Aber wir haben ein Faxgerät. Selbe Nummer wie das Telefon.«

»Ich fax dir meine dortigen Nummern, sobald ich in L. A. bin«, sagte Sam. »Ich finde schon allein raus. *Ciao.*«

Sam winkte beiden zu und flitzte aus dem Zimmer.

Eleanor hatte Adrian nicht aus den Augen gelassen. »Du machst was?« wiederholte sie.

Als Adrian den Mund aufmachte, um zu antworten, erschien Sam noch einmal im Flur, der zur Halle führte. »Hauptsache, du findest ihren wunden Punkt«, sagte er zu Adrian, »ihre Achillesferse, ihr geheimes Laster.«

»Vielleicht hat sie gar keins.«

»Jeder hat eins«, sagte Sam. Diese Bemerkung war anscheinend beziehungsreicher, als von ihm beabsichtigt. Sam selber brach das gespannte Schweigen. »Na ja... dann«, sagte er. »Ellie – ich werde den Krug auf dem Rückweg einsammeln.«

»Moment, Sam!« sagte Eleanor.

»Entschuldige, aber ich muß«, sagte er und verschwand. Sie hörten das Geräusch der Vordertür, die er hinter sich zuwarf.

Eleanor wandte sich Adrian zu. »Du willst doch nicht sagen, daß du mit dieser verrückten Idee einverstanden bist? Du wirst dich doch nicht interviewen lassen von Fanny Tarrant?«

»Wenn sie das wirklich möchte«, sagte Adrian.

»Bist du verrückt geworden?«

»Ich glaube nicht.«

»Du hast gesehen, was sie mit Sam gemacht hat. Wenn sie nun das gleiche mit dir macht, wie willst du das verkraften?«

»Es wäre mir egal.«

»Ach? Woher nimmst du diese Zuversicht?«

»Weil ich nicht mehr im Rennen bin. Ich bin außer Konkurrenz.«

»Welches Rennen?«

»Das Ruhm-Rennen«, sagte Adrian. »Ich habe nichts zu verlieren. Im Unterschied zu Sam ist es mir wurscht, was Fanny Tarrant mir nachsagt.«

»Das glaubst du... So oder so – weshalb solltest du Sams Schlachten für ihn schlagen?«

»Er sagt, daß er *The Hideaway* für die BBC bearbeiten wird«, erklärte Adrian.

»Daraus wird doch nichts.«

»Weiß ich«, sagte Adrian.

»Weshalb willst du es also machen?«

»Es gibt ein Honorar, wenn es erscheint... die ›Chronicle‹ zahlt ganz gut, glaube ich. Du kannst diesen neuen Brennofen haben.«

Eleanor wischte die Erklärung beiseite. »*Weshalb,* Adrian?«

Adrian zögerte einen Moment, bevor er antwortete. »Na ja, es hakte irgendwie mit dem Thema für meine nächste Anthologie, das weißt du doch?«

»Nein, wußte ich nicht.«

»Na ja, tat es aber. Als ich gerade eben auf dem Klo war, kam mir eine Idee: Das ›Paragon-Buch der Interviews‹. Von der Antike bis in die Gegenwart. Angefangen bei Sokrates und Johannes von Ephesus und endend mit Fanny Tarrant und dem Herausgeber.«

Eleanor war anscheinend erst halb überzeugt. »Du meinst einen Wiederabdruck ihres Interviews mit dir?«

»Das wäre doch ein überraschender Dreh, fast romanwürdig, findest du nicht?«

»Angenommen, es wird so gemein, wie ihr Artikel über Sam?«

»Das macht es gerade typisch. Und mir würde es den Ruf einbringen, ein verdammt fairer Verlierer zu sein.«

»Angenommen, sie verweigert die Genehmigung?«

»Dann könnte ich statt dessen meinen Artikel über sie abdrucken«, sagte Adrian. »Die Erfahrung, von Fanny Tarrant interviewt worden zu sein, würde mir auf jeden Fall zugute kommen, wenn ich mein Vorwort schreibe.«

»Ich fasse es nicht, was du daherredest«, sagte Eleanor. »Nach allem, was wir durchgemacht haben.« Sie sah sich im Zimmer um, als suche sie nach jemandem, an den sie ihren Appell richten könnte. »Dein Artikel über sie... Woher willst du wissen, wie man das aufzieht? Du hast sowas noch nie geschrieben.«

»Habe ich doch. Diese Charakterstudien für das alte *Magazin*...«

»Adrian, das war Studentenzeug!«

»Und trotzdem gut.«

Eleanor starrte ihn an. »Ich weiß, worum es dir geht«, sagte sie.

»Ah, liegt da nicht ein Hauch von Psychoanalyse in der Luft?« sagte Adrian. »Was dagegen, wenn ich die passende Positur einnehme?« Er legte sich auf die Chaiselongue und nahm die Haltung eines Psychoanalysepatienten ein.

Eleanor ließ sich von seiner Ironie nicht abschrekken. »Du sehnst dich zurück nach den goldenen Zeiten, als Sam und du die besten Freunde wart. Als die Welt euch offenstand.«

»Mach weiter.«

»Als ihr noch gleichauf wart. Oder du vielleicht sogar die Nase vorn hattest. Die meisten Leute glaubten das. Aber jetzt ist Sam so erfolgreich, und du bist...« Eleanor suchte nach dem passenden Ausdruck.

»Ein Versager?« schlug Adrian freiwillig vor.

»Ich wollte sagen: im Vorruhestand. Nenn es, wie du willst... Es hat eure Beziehung belastet. Du bildest dir ein, daß du wieder mit ihm gleichziehen kannst, wenn du ihm diesen Gefallen tust.«

»Eine raffinierte Theorie«, sagte Adrian und stand wieder auf. »Ich muß zugeben, bei dem Gedanken an diesen Plan spüre ich ein Kribbeln, wie ich es schon ewig nicht mehr gespürt habe. Romane zu schreiben hat mir nie sehr viel Spaß gemacht.«

»Das mußt du mir nicht erzählen«, sagte Eleanor.

Adrian schielte zur Uhr. »Ich geh jetzt mal besser joggen, sonst bleibt keine Zeit mehr für die Sauna vor dem Mittagessen.«

»Es wird dir noch mal leid tun.«

»Nein, wird es nicht. Ehrenwort.«

Er gab ihr einen Kuß auf die Stirn und ging hinaus.

Eleanor machte ein unglückliches Gesicht und starrte einen Moment ins Leere. Dann setzte sie sich an den Tisch, entfaltete die Ausgabe der ›Sentinel Review‹ und setzte ihre Lektüre von Fanny Tarrants Artikel an der Stelle fort, an der sie von Sam Sharps Besuch unterbrochen worden war.

2.

Am Montag der folgenden Woche erwartete Adrian am späten Vormittag die Ankunft Fanny Tarrants. Er war allein im Cottage. Der Fotograf der ›Sentinel‹ war schon früher da, hatte jede Menge Fotos gemacht und war wieder gegangen, ohne Adrian dabei zu helfen, die Möbel, die er verrückt hatte, auf den angestammten Platz zurückzuschieben. Bisher war alles nach dem Plan der Vorwoche gegangen. Adrian hatte seinem Agenten Geoffrey erzählt, daß Fanny Tarrant an einem Interview mit ihm interessiert sei, und Geoffrey hatte mit Fanny gesprochen und diese Vereinbarungen getroffen. Peter Reeves, Feuilletonchef der ›Sunday Chronicle‹, von Sam scharfgemacht, hatte Adrian angerufen und gesteigertes Interesse an der Studie über die Fragwürdige Fragestellerin bekundet. Adrian hatte ein Fax von Sam aus Los Angeles bekommen mit seiner Adresse und Telefonnummern, unter denen er zu erreichen war, sowie der Frage, ob es irgendwelche Entwicklungen gäbe, doch Adrian hatte nicht geantwortet. Er hatte Eleanor gesagt, daß er zunächst mal abwarten wolle, wie das Interview mit Fanny Tarrant laufen würde, und dann erst entscheiden, ob er Sams Plan durchführen könne. Eleanor hatte gesagt, sie wolle davon nichts wissen. Sie hatte es so eingerichtet, daß sie den Tag des Interviews mit ihrer Nichte Rosemary verbringen konnte, die in East Grinstead wohnte, und war kurz vor der vereinbarten Zeit losgefahren, schweigend und voller Mißbilligung. Kaum war das heisere Pfeifen des maroden Peugeotauspuffs verklungen, als Adrian den röhrenden Diesel von Fanny Tarrants ankommendem Taxi hörte. Adrian beendete die sanfte Untermalung, indem er die Händel-CD stoppte und am Cassettendeck die Aufnahme aktivierte, für die ein kleines freistehendes Mikrophon im Bücherregal sorgen sollte. Eben als er diese Vorbereitungen getroffen hatte, läutete es an der Tür.

Adrian öffnete die Tür für eine gutaussehende junge Frau um die dreißig, der Kurzschnitt ihrer blonden Haare sah teuer aus. Sie war chic angezogen, ein Schneiderkostüm mit kurzem Rock, und trug eine schmale Aktentasche aus schwarzem Leder bei sich.

»Miss Tarrant?« sagte er.

»Ja.« Sie lächelte vage, vielleicht amüsierte sie die Förmlichkeit dieser Begrüßung.

»Bitte, treten Sie ein.«

Er führte sie in den Wohnbereich.

»War das Ihre Frau, die gerade aus dem Tor gebogen ist, als mein Taxi versucht hat, hereinzufahren?« fragte sie. Ihr Londoner Akzent klang wie angelernt.

»Ja. Sie ist ihre Nichte in East Grinstead besuchen gefahren.«

»Schade. Ich hatte gehofft, sie kennenzulernen.«

»Genau das wollte sie vermeiden«, sagte Adrian.

»Ach, wieso denn?« fragte Fanny.

»Sie liest Ihre Artikel«, sagte Adrian. »Möchten Sie sich nicht setzen?« Fanny wählte die Chaiselongue. Adrian setzte sich in einen Sessel ihr gegenüber. »Besonders der über diesen Kunsthistoriker ist ihr in Erinnerung geblieben«, sagte er, »Sir Soundso Doppelname.«

»Sir Robert Digby-Sisson?«

»Das ist der Typ«, bestätigte Adrian. »Ihre Beurteilung von Lady Digby-Sissons Fingernägeln fiel sehr ungünstig aus.«

»Kaut Ihre Frau auf den Fingernägeln?« Fannys Frageton klang neutral.

»Nein«, sagte Adrian. »Sie wollte nur nicht das Risiko eingehen, in Ihrem Artikel eine ähnlich bedauernswerte Nebenrolle zu spielen.«

»Das hört sich nicht so an, als wäre sie allzu begeistert davon, daß Sie mir ein Interview geben«, sagte Fanny.

»Nein, das ist sie nicht«, sagte Adrian.

Fanny machte ihre Aktentasche auf und entnahm ihr ein Notizbuch und einen kleinen SONY-Kassettenrecorder. »Sie haben doch nichts dagegen, wenn ich den benutze?« fragte sie und zeigte auf das Gerät.

»Überhaupt nichts«, sagte Adrian. »Solange es Ihnen recht ist, wenn ich auch einen benutze.«

»Unbedingt«, sagte Fanny. Sie überprüfte, ob eine Kassette in ihrem Recorder war, stellte ihn an und legte ihn auf den Kaffeetisch zwischen beide. »Wollen Sie Ihren Recorder aufnahmebereit machen?« fragte sie.

»Er läuft schon.« Adrian deutete Richtung Hi-Fi-Anlage.

»Oh, ich verstehe. Er steht ziemlich weit weg.«

»Er hat ein sehr empfindliches Mikrophon. Stimmaktiviert. Ich hoffe, Ihres ist ebenso gut.«

»Er ist technisch auch auf dem neuesten Stand«, sagte sie. »Wozu wollen Sie unsere Unterhaltung aufnehmen?«

»Um jeden Streit zu vermeiden über das, was ich gesagt habe und was nicht.«

»Klingt vernünftig.« Fanny schlug ihr Notizbuch auf und nahm einen Kugelschreiber aus ihrer Aktentasche. Sie schaute sich im Zimmer um. »Sehr hübsch. Wohnen Sie schon lange hier?«

»Ursprünglich war es unser Wochenendhaus«, sagte Adrian, »aber da war es noch kleiner. Als wir uns entschlossen haben, aus London wegzuziehen, haben wir das benachbarte Cottage dazugekauft und die Trennwand abgerissen.«

Fanny machte sich Notizen, die offenbar Möblierung und Dekoration des Raums betrafen. »Sammeln Sie Keramik?« fragte sie. »Hier gibt's ja eine ganze Menge davon.«

»Alles von meiner Frau«, sagte Adrian. »Sie hat mit der Töpferei angefangen, als wir hierhergezogen sind.«

»Sie sind schon recht lange verheiratet, nicht wahr?« fragte sie, während sie weiterschrieb.

»Das könnte man sagen, nach heutigen Begriffen.«

»Und Sie haben zwei Söhne.«

»Die sind schon erwachsen – ausgeflogen. Sind Sie verheiratet?«

»Nein«, sagte Fanny.

»Aber Sie haben natürlich einen … wie nennt man das heute üblicherweise?«

»Partner.«

»Ach ja«, nickte Adrian. »Wie heißt er?«

»Creighton«, sagte Fanny.

»Schreibt sich …?« fragte Adrian

»C, r, e, i, g, h, t, o, n.« Fanny schaute von ihrem Notizbuch auf. »Warum fragen Sie?«

»Und was macht Mister Creighton so –«

»Creighton ist sein Vorname«, sagte sie.

»Tatsächlich? Das heißt, er wurde getauft auf den Namen ›Creighton‹?«

»Ich bin nicht sicher, ob er je getauft wurde.«

»Oh. Ein Heide, wie?«

»Davon soll es ja eine ganze Menge geben, nicht wahr«, sagte Fanny. »Würden Sie selbst sich als Christ bezeichnen?«

»Nun, ich besuche die Pfarrkirche zu Weihnachten, zum Erntedankfest und ähnlichen Gelegenheiten«, sagte Adrian. »Ich spende für die Dacherneuerung. Ich glaube an die anglikanische Kirche als Institution. Was die Doktrin betrifft, bin ich mir nicht sicher. Ich glaube, nicht einmal der Vikar ist das, so wie es aussieht … Und Sie?« fügte er hinzu.

»Ich wurde katholisch erzogen, aber ich gehe seit Jahren nicht mehr zur Kirche.«

»Wie haben Sie Ihren Glauben verloren?«

Fanny seufzte. »Schauen Sie, das wird sehr, sehr lange dauern hier, wenn Sie weiterhin *mich* ausfragen.«

Adrian lächelte süßlich. »Ich habe den ganzen Tag Zeit.«

»Bitte«, sagte Fanny. »Ich auch. Aber was ist mit Mrs. Ludlow?«

»Sie wird nicht vor heute abend zurück sein.«

»Verstehe«, sagte Fanny. »Übrigens, ist alles gut gelaufen mit Freddy?«

Adrian sah sie verständnislos an. »Der Fotograf.«

»Oh, ja. Prima, glaube ich ... Trotzdem ein komisches Geschäft, nicht wahr, die Fotografie?«

»Was ist daran komisch?« fragte Fanny.

»Na, sie kommen in dein Haus, schieben deine ganzen Möbel herum ...« Adrian bemerkte, daß ein Bild an der Wand schief hing, und ging durch den ganzen Raum, um es gerade zu rücken. »Setzen ihr Licht, stellen überall ihre Stative auf und ihre Schirmchen und ihre Watussis –«

»Watussis?«

»Diese schwarzen Dinger, um Scheinwerfer abzudecken. Dann bringen sie dich dazu, dich zu verrenken, bis du die unnatürlichste Pose einnimmst, und die ganze Zeit schwatzen sie dabei wie ein Friseur und hören nicht auf, dir zu sagen, daß du nicht so ein ernstes Gesicht machen solltest –«

»Hat Freddy Ihnen gesagt, Sie sollten nicht so ein ernstes Gesicht machen?«

»Nein. Aber gewöhnlich tun sie das«, sagte Adrian. »Ich meine, sie taten das gewöhnlich zu Zeiten, als ich noch für Schutzumschläge fotografiert wurde.« Er ging zurück zu seinem Sessel.

»Freddy hält sich immer heraus, was den natürlichen Gesichtsausdruck seines Sujets betrifft. Deswegen ist er ja ein so erstklassiger Porträtfotograf.«

»Aber mit Material geht er ganz schön verschwenderisch um, wie?«

»Ich glaube, die Zeitung kann sich das leisten«, sagte Fanny trocken.

»Sicher. Aber warum macht man so viele Bilder von ein und demselben Gesicht?«

»Um das eine zu finden, das einem möglichst viel über das Sujet sagt. Der Gesichtsausdruck eines Menschen ändert sich ständig, und zwar so subtil und so rasch, daß man nicht weiß, was man erwischt hat, bevor der Film nicht entwickelt ist.« Sie sprach mit Bestimmtheit, als hätte sie über diese Frage zuvor bereits nachgedacht. »Deswegen geben Fotografien mehr Aufschluß als das richtige Leben«, sagte sie.

»Und Interviews?« fragte Adrian. »Geben die auch mehr Aufschluß als das richtige Leben?«

»Interviews *sind* das richtige Leben. Meine zumindest sind es.«

»Ach, kommen Sie!« protestierte Adrian.

»Ich erfinde nichts. Deswegen benutze ich einen Kassettenrecorder.«

»Was ich sagen will, ist doch, daß Sie nicht *alles* wiedergeben, oder? Die weniger interessanten Stellen lassen Sie doch weg.«

»Das liegt doch auf der Hand«, sagte Fanny. »Sonst würde es viel zu lang und sehr langweilig zu lesen.«

»Aber sie verfälschen eine Unterhaltung, wenn Sie irgendeinen Teil davon weglassen«, sagte Adrian. »Die langweiligen Stellen, die zögerlichen Stellen, die Wiederholungen, die Pausen.«

»Bisher gab es keine Pausen.«

»Das kommt noch«, sagte Adrian. Er fing ihren Blick auf und hielt ihn fest, ohne mit den Augen zu zwinkern.

»In Ordnung«, gab Fanny zu, nachdem die Pause eine halbe Minute gedauert hatte. »Der Punkt geht an Sie. Ein Interview ist keine reine Wiedergabe der Realität. Es ist eine Auswahl. Eine Interpretation.«

»Es ist ein Spiel«, sagte Adrian.

»Ein Spiel?«

»Ein Spiel für zwei Mitspieler«, sagte Adrian. »Die Frage ist: Wie lauten die Regeln, und wie kann einer gewinnen? Oder verlieren, je nachdem.« Er lächelte gewinnend. »Kaffee? Eleanor hat uns welchen dagelassen, die Thermoskanne ist in der Küche.«

»Danke«, sagte Fanny.

»Wie trinken Sie Ihren?«

»Schwarz. Ohne Zucker.«

»Sehr vernünftig«, sagte Adrian und ging in die Küche. Fanny blieb still sitzen, bis er zurückkam mit einem Tablett, auf dem zwei Tassen Kaffee standen.

»Eigentlich«, sagte Fanny, als hätte es keine Unterbrechung ihrer Unterhaltung gegeben, »sehe ich es nicht als ein Spiel. Ich meine, das Interview. Ich sehe es als eine Transaktion. Einen Tauschhandel. Der Interviewer kriegt einen Artikel. Der Interviewte kriegt Publicity.«

»Aber ich will gar keine Publicity«, sagte Adrian.

»Warum waren Sie dann einverstanden mit dem Interview?«

»Warum wollten Sie ein Interview mit mir?« fragte Adrian.

»Ich habe zuerst gefragt«, sagte Fanny.

»Also gut. Ich war neugierig.«

»Neugierig worauf?«

»Auf Ihre Begründung dafür, daß Sie mich interviewen wollen.« Fanny registrierte seinen Zug mit einem süßsauren Lächeln. »Gewöhnlich interviewen Sie Berühmtheiten«, erklärte Adrian. »Ich bin seit Jahren keine Berühmtheit mehr, falls ich je eine war. Also wieso mich?«

»Ich bin auch neugierig«, sagte Fanny. »Auf Ihre Begründung dafür, daß Sie keine Berühmtheit mehr sind. Dafür, daß Sie aufgehört haben zu schreiben, daß Sie sich zurückgezogen haben aus dem literarischen Leben.«

»Ich veröffentliche immer noch Bücher«, sagte Adrian.

»Ja, ich weiß. Die Paragon-Anthologien. Das könnte jeder andere auch.«

»Na, nicht *jeder* andere«, sagte er, leicht pikiert. »Man muß *lesen* können. Man muß wissen, wo die Sachen stehen.«

»Schauen Sie, Ihre Romane haben mir einmal sehr viel bedeutet«, sagte sie.

»Wirklich?«

»*The Hideaway* habe ich gelesen, als ich fünfzehn war. Zum ersten Mal hat mich ein moderner Roman wirklich gepackt. Ich finde immer noch, daß es die beste Bestandsaufnahme von Erwachsenwerden in der britischen Nachkriegsliteratur ist.«

»Hm. Danke. Vielen Dank.« Adrian konnte die Freude über dieses Kompliment nicht verbergen. »Wissen Sie, es gehört zur Pflichtlektüre für die Oberstufe.«

»Gott, was für ein deprimierender Gedanke«, sagte Fanny.

»Aber wieso denn?«

»Na ja, die Hauptsache bei *The Hideaway* war für mich, daß es keine Pflichtlektüre war, keine Schulaufgabe, kein Prüfungsstoff. Es war etwas Privates, Geheimes, Subversives.«

»Ich weiß, was Sie meinen«, sagte er lächelnd.

»Können Sie nicht verhindern, daß es auf dem Lehrplan steht?«

»Ich glaube nicht, daß ich das kann«, sagte Adrian. »Die Tantiemen kann ich jedenfalls gut gebrauchen.«

»Es gab da eine Clique an unserer Schule«, erinnerte sich Fanny. »Wir waren so eine Art Geheimbund. Wir lasen uns ständig *The Hideaway* vor und diskutierten darüber – nicht wie Literaturkritiker, sondern darüber, wen wir am liebsten mochten – Maggie oder Steve oder Alex – und darüber, was mit ihnen passieren würde, nachdem die Geschichte zu Ende war. Es war eine Art Religion. *The Hideaway* war unsere Bibel.«

Adrian staunte. »Lieber Himmel. Wie lange hat das angehalten?«

»Ein ganzes Semester. Ein Sommersemester.«

»Und dann haben Sie ein anderes Buch gelesen und eine neue Religion darauf begründet?«

»Nein, ein Buch wie *The Hideaway* gab es nie wieder«, sagte sie. »Ich habe mein ramponiertes Exemplar sogar mitgebracht, zum Signieren, falls es Ihnen nichts ausmacht.«

»Natürlich nicht.«

Fanny entnahm ihrer Aktentasche eine alte Taschenbuchausgabe von *The Hideaway* mit schmuddeligem Schutzumschlag und Eselsohren und reichte sie Adrian. Er schrieb auf den Schmutztitel: *Für Fanny Tarrant, mit den besten Wünschen, Adrian Ludlow.*

»Sie waren demnach auf einem Internat?« fragte er, während er schrieb.

»Wie kommen Sie darauf?«

»Sie sagten ›Schulaufgabe‹ anstatt ›Hausaufgabe‹.« Er gab Fanny das Buch zurück, die sich die Widmung anschaute.

Sie sagte: »Danke.« Und steckte das Buch wieder in ihre Aktentasche.

»Ich dachte, Sie wären auf einer Gesamtschule in Basildon gewesen?«

»Wer hat Ihnen das erzählt?« fragte sie zurück.

»Sam Sharp.«

»Ich war schon gespannt, wann sein Name auftauchen würde«, sagte Fanny. »Das Dumme an Mister Sharp ist, daß er nie zuhört, wenn irgend jemand zu ihm etwas sagt. Was ich tatsächlich gesagt habe, war, daß ich gern zu einer Gesamtschule in Basildon *gegangen wäre.*«

»Warum?«

»Als Vorbereitung auf journalistische Tätigkeiten wäre es besser gewesen als ein klösterliches Internat in Hampshire«, antwortete sie. »Können wir wieder zu Ihnen kommen? Warum haben Sie aufgehört, Romane zu schreiben?«

»Ich habe entschieden, daß mein *Œuvre* komplett sei. Daß ich nichts mehr zu sagen habe.«

»Einfach so?« fragte sie.

»Einfach so«, sagte er.

»Hat Sie das nicht beunruhigt?«

»Eine Zeitlang. Dann fing ich an, es zu genießen.«

»Wie?«

»Es ist, als ob Ihnen das Benzin ausgegangen ist, und Ihr Wagen bleibt stehen«, erklärte Adrian. »Anfangs ist das ärgerlich, doch nach einer Zeit werden Sie die Ruhe und den Stillstand zu schätzen wissen. Sie hören Dinge, die Sie nie zuvor gehört haben, da der Lärm des Motors sie übertönt hat. Sie sehen Dinge, die vorher unscharf an Ihnen vorbeigewischt sind.«

»Ist Ihnen jemals wirklich das Benzin ausgegangen?« fragte Fanny.

»Wenn Sie so fragen, nein.«

»Das habe ich mir gedacht«, sagte sie.

»Es war metaphorisch gemeint.«

»Stört es Sie nicht, wenn Sie sehen, wie Ihre Zeitgenossen immer weiter schreiben und veröffentlichen?«

»Im Gegenteil. Es laufen sowieso zu viele Schriftsteller herum, die nichts mehr zu sagen haben, aber darauf bestehen, das wieder und wieder zu sagen, Buch um Buch, Jahr für Jahr.«

»An welche Schriftsteller denken Sie dabei?« fragte sie.

»An dieselben, an die Sie auch denken«, sagte er.

Sie wirkte amüsiert, und doch skeptisch. »Ich kann einfach nicht glauben, daß Sie so mühelos aufgehört haben.«

Adrian holte tief Luft. »Sie meinen, wie ich all diese endlosen, einsamen Stunden aufgeben konnte, die ich damit verbracht habe, eine leere Seite anzustarren oder aus dem Fenster zu glotzen und dabei auf einem Kugelschreiber zu kauen bei dem Versuch, aus dem Nichts etwas zu schaffen, Figuren ohne existierende Vergangenheit Leben einzuhauchen, ihnen Namen zu geben, Eltern, eine Erziehung, Kleidung, Besitz ... entscheiden zu müssen, ob sie blaue Augen haben oder braunes, glattes Haar oder krauses oder gar keines – Gott, diese Langeweile dabei. Und dann diese eierschleifende Knochenmühle, diese Anstrengung, all das in Wörter zu zwingen, Wörter, die unverbraucht wirken, Wörter, die nicht so klingen, als hätte man sie aus zweiter Hand gekauft wie einen Ramschposten ... Und diese Charaktere dann in Bewegung setzen müssen, sie sich zueinander verhalten und wechselweise aufeinander einwirken lassen, in einer Weise, die den Eindruck von Gleichzeitigkeit macht, spannend, nachvollziehbar, überraschend, lustig und anrührend.« Er zählte die Eigenschaften an den Fingern auf. »Das ist wie Schach, gespielt in drei Dimensionen«, sagte er. »Es ist absolut die Hölle. Würden *Sie* das vermissen?«

»Ich würde das vermissen, was am Ende dabei herauskommt«, sagte sie. »Die Befriedigung, etwas Dauerhaftes geschaffen zu haben. Die Wirkung, die man auf andere Menschen ausübt.«

»Aber die meiste Zeit über wissen Sie ja gar nicht, was dabei herauskommt. Romane zu schreiben heißt, Sie stecken Botschaften in Flaschen, die Sie eine um die andere bei abfließender Tide ins Meer werfen, ohne eine Ahnung davon, wo sie angespült oder wie sie gedeutet werden.« Er fügte hinzu: »Ich *habe* das übrigens gemacht, mit Flaschen.«

»Was ist mit Kritiken?« fragte Fanny.

»Was soll sein«, sagte Adrian mit leichter Verzögerung.

»Bekommen Sie dadurch nicht ein gewisses Feedback?«

»Sie verraten Ihnen viel über den Kritiker. Wenig über Ihr Buch.«.

»In meinem ersten Job als Journalistin habe ich Filmkritiken geschrieben für ein Stadtmagazin«, erzählte sie. »Ich glaube nicht, daß ich dabei viel von mir preisgegeben habe.«

»Die waren demnach nicht so brutal wie Ihre Interviews?« fragte er.

Fanny lachte ausweichend. »Brutal?«

»Sir Robert Digby-Sissons findet, Sie waren brutal. In einem Konkurrenzblatt steht, er habe beim Lesen Ihres Interviews mit ihm geweint.«

»Er hat geweint, *während* er das Interview gegeben hat«, sagte sie. »Er ist ein großer Jammerlappen. Er löst sich beim geringsten Anlaß in Tränen auf. Wenn er nicht gerade in sein Taschentuch schniefen mußte, hat er versucht mich zu betatschen.«

»Das haben Sie in Ihrem Artikel gar nicht erwähnt«, wunderte sich Adrian.

»Habe ich schon, aber es wurde rausgestrichen. Die Anwälte wurden nervös, weil ich keinen Zeugen hatte. Dieses Ding« – sie deutete auf den Recorder – »nimmt das Geräusch eines gekneteten Knies nicht auf.«

»Zu meinem Freund Sam Sharp waren Sie auch brutal. Er war schwer verletzt.«

»Er wird's überleben«, sagte Fanny.

»Ja, ich wage zu behaupten, das wird er«, sagte Adrian.

»Trotzdem *war* ich ein wenig überrascht, als Sie bereit waren, mich zu empfangen, kurz nachdem dieser Artikel erschienen war«, sagte sie. »Ich dachte, es könnte eine Falle sein.«

Adrian konnte sein Erschrecken nicht ganz kaschieren. »Eine Falle? Was denn für eine Falle?«

»Ich dachte, daß Mister Sharp womöglich irgendwo im Haus lauern könnte.«

Adrian lachte erleichtert. »Nein, Sam ist in Los Angeles. Aber was haben Sie von ihm erwartet? Einen Anschlag?«

»Ist alles schon vorgekommen«, sagte Fanny. »Sie kennen Brett Daniel?«

»Den Schauspieler?«

»Eine Woche nachdem mein Interview mit ihm erschienen war, hat er mir auf einer Premierenparty absichtlich ein Glas Rotwein frontal über mein Kleid geschüttet. Gefolgt von einem Glas Weißwein, mit der Begründung, so würde der Fleck wieder rausgehen.«

»Na ja, das funktioniert, echt...«, sagte Adrian. »Haben Sie ihn verklagt?«

»Ich habe ihm eine umwerfende Rechnung für ein neues Kleid geschickt. Aber er hat all seinen Spezis erzählt, das sei es ihm wert gewesen, jeden Penny.«

»Sie haben doch nicht gedacht, Sam würde Sie hier anspringen, um Ihnen Weingläser an den Kopf zu werfen, oder?« fragte Adrian.

»Ich dachte, er würde mich anspringen, um mir Beleidigungen an den Kopf zu werfen«, sagte Fanny.

Adrian hob die Hände und preßte die Fingerspitzen gegen sein Kinn. »Stört es Sie nicht zu wissen, daß die meisten Leute, die Sie interviewt haben, Sie hinterher hassen?« fragte er.

»Gehört alles zum Job«, sagte sie achselzuckend.

»Trotzdem, das ist schon ein komischer Job, oder? Rufmord, meine ich.«

»Wollen Sie mich hochnehmen?« fragte sie.

»Nein, nein. Aber Ihre Artikel sind meistens ganz schön destruktiv, das müssen Sie doch zugeben. Und ist es nicht genau das, was Ihre Leser von Ihnen erwarten?«

»Sie erwarten guten Journalismus«, behauptete Fanny, »und ich hoffe, daß ich ihnen den biete. Was halten Sie von den britischen Romanciers der jüngeren Generation?«

»Ich bemühe mich, möglichst wenig an sie zu denken«, antwortete Adrian. »Aber Sie wollen mir doch nicht weismachen, daß all diese Leser begierig Ihre Seite aufschlagen, wenn Sie angekündigt würden als *Fanny Tarrant – Britanniens netteste Interviewerin?*«

»Nein, das will ich Ihnen nicht weismachen«, sagte Fanny. »Ich versuche, nicht ohne gewisse Schwierigkeiten, hier ein Interview mit Ihnen zu machen.«

»Ihre Leser würden sich doch nicht dazu herablassen, in Boulevardblättern die Bumsgeschichten von Popstars und Fußballern zu lesen. Sie aber liefern ihnen die gleiche Art von Vergnügen in raffinierterer Form, indem Sie die Großen und die Guten dumm aussehen lassen.«

»Das besorgen die schon selbst«, sagte sie. »Ich berichte nur darüber.«

»Sagen Sie mir eins«, bat Adrian sie in einem Ton, als suche er ernsthaft nach einer Erklärung, »wenn Sie einen Ihrer wirklich gemeinen Artikel geschrieben haben, wie den über Sam –«

»Oh, ich kann noch viel gemeiner sein als das«, warf Fanny ein.

»Das bezweifle ich nicht«, sagte Adrian lächelnd. »Aber wenn Sie so einen Artikel geschrieben haben und er gedruckt ist, stellen Sie sich dann vor, wie das Opfer ihn liest? Ich meine, stellen Sie sich den armen alten Sam vor, wie er, sagen wir, am Sonntagmorgen aufsteht, in Morgenmantel und Pantoffeln zur Wohnungstür trottet und die ›Sunday Sentinel‹ aus seinem Briefkasten zieht und in die Küche mitnimmt, um sie zu lesen bei einer ersten Tasse Tee, und wie er die Seiten des Feuilletons durchblättert, um Ihr Interview zu finden, und wie er lächelt, wenn er Freddys ganzseitiges Farbfoto sieht von sich, vor seinem Apple Mac sitzend, und dann anfängt, den Text zu lesen, und wie ihm das Lächeln plötzlich vergeht, wenn er zur ersten Sottise kommt, und wie dann sein Herz klopft, wie sein Magen sich verkrampft, der plötzliche Adrenalinausstoß in seine Blutbahn, wenn ihm dämmert, daß der ganze Artikel aus Sottisen besteht, daß er nach allen Regeln der Kunst durch die Mangel gedreht wird. Ich meine, stellen Sie sich all das vor? Gibt Ihnen das einen Kick? Ist es das, wofür Sie diesen Job machen?«

Fanny sah zum ersten Mal an diesem Morgen leicht verstört aus. »Könnten wir darauf zurückkommen, daß ich die Fragen stelle?« sagte sie kühl.

»Wieso?«

»So ist es üblich. Der Interviewer stellt die Fragen, und der Interviewte beantwortet sie.«

»Darum ist das Interview auch solch eine unnatürliche Form«, sagte er. »Es ist kein richtiger Dialog. Es ist ein Verhör.«

»Nun, Verhöre haben ihren Zweck«, sagte sie.

»Welchen zum Beispiel?«

»Zum Beispiel den, die Wahrheit ans Licht zu bringen.«

»Oh, die Wahrheit...«, sagte Adrian. »*›Was ist Wahrheit?‹ frug Pilatus im Scherz und hätte doch die Antwort nicht ertragen.* Ist Ihnen nie der Gedanke gekommen, daß meine Fragen mehr enthüllen könnten als meine Antworten?«

»Ich halte mich lieber an meinen eigenen Fragenkatalog, danke.«

»Dann werden Sie also die Frage, die ich Ihnen eben gestellt habe, nicht zitieren?«

»Ich habe noch nicht die geringste Ahnung, was ich zitieren werde und was nicht«, sagte Fanny gereizt.

»Ich nehme an, Sie müssen erst das ganze Band abhören«, sagte Adrian.

»Ich bekomme eine Abschrift.«

»Und die redigieren Sie dann per Computer?« fragte er. »Oder schreiben Sie die erste Fassung mit der Hand?«

»Sie *nehmen* mich auf den Arm, stimmt's?« fragte sie.

»Nein! Nein!« protestierte Adrian.

»Jetzt kommt etwas direkt aus dem Handbuch für intellektuell überforderte Journalisten«, sagte Fanny. »*Hundert langweilige Fragen an einen Autor:* ›Schreiben Sie täglich etwas? Schreiben Sie mit einem Füllfederhalter oder auf einem Computer? Haben Sie die gesamte Geschichte im Kopf, bevor Sie anfangen?‹«

Adrian schenkte ihr ein wiedererkennendes Lächeln und sagte: »›Sind Ihre Romane autobiographisch?‹«

»Nein, das ist keine langweilige Frage«, widersprach Fanny.

»Möglich, aber ich habe immer eine langweilige Antwort gegeben«, sagte Adrian. *»Meine Romane sind eine Mischung aus persönlicher Erfahrung, der Beobachtung anderer Menschen und Vorstellungsvermögen. Mir gefällt der Gedanke, daß meine Leser nicht zu unterscheiden vermögen, was was ist, und bisweilen bin ich mir dessen selbst nicht so sicher.«*

»Das ist eigentlich auch keine langweilige Antwort«, sagte Fanny und machte sich eine Notiz.

»Wieso machen Sie sich Notizen, obwohl Sie einen Recorder haben?« fragte er. »Doppelt hält besser? Falls Ihre Batterien leer werden?«

»Der Apparat nimmt Ihre Worte auf«, sagte sie, »das Notizbuch meine Kommentare.«

»Ah, darf ich mal sehen?« Er streckte die Hand aus.

»Nein«, sagte sie. »Was ist Ihre früheste Erinnerung?«

»Meine früheste Erinnerung... Hmm...« Er dachte einen Moment nach. »Tja, in Wahrheit war das eine falsche Erinnerung. Daran, wie ich am Himmel die Fliegenden Festungen gesehen habe.«

»Sie meinen Bomber?« fragte Fanny.

»Ja. Amerikanische B17. Es war ganz am Ende des Krieges. Ich saß in meinem Kinderwagen. Meine Mutter hatte mich auf einen Spaziergang an die frische Luft in den örtlichen Park mitgenommen – wir lebten damals in Kent, Faversham wurde häufig von Flugzeugen überflogen, aber das muß ein besonderer Großangriff gewesen sein, ein Job für 1000 Bomber, alle im Formationsflug. Der Tag war hell und klar. Plötzlich war die Luft erfüllt von einem mächtigen Lärm, hämmernd und dröhnend, als würde der ganze Himmel erbeben von dem Geräusch einer einzigen gigantischen Maschine. Im Park unterbrachen alle Menschen ihre Tätigkeiten, legten schützend die Hand über ihre Augen und schauten hinauf. Ich fing an zu weinen. Der Lärm machte mir angst, glaube ich. Meine Mutter sagte: ›Alles in Ordnung, Adrian, das sind bloß die Fliegenden Festungen.‹ Ich blinzelte himmelwärts. Die Flugzeuge waren zu hoch, um sie sehen zu können, alles was man sah, waren ihre weißen Kondensstreifen, die sich wie Kreidelinien über den blauen Himmel zogen. Doch irgendwie überzeugte ich mich davon, daß ich sie doch sehen konnte. Nur daß es keine Flugzeuge waren, die ich sah, sondern Festungen – viereckige, solide Bauwerke mit Zugbrücken und Zinnen und flatternden Fahnen, die wie von Zauberhand bewegt über den Himmel segelten. Ich hegte diese Vorstellung einige Jahre lang, bis ich in die Vorschule kam und ein Bild von meinen fliegenden Festungen malte und der Lehrer mich auslachte, als ich erklärte, was das war.«

»Das ist eine sehr hübsche Geschichte«, sagte Fanny.

»Danke«, sagte Adrian.

»Abgesehen davon, daß Sie erst zwei Jahre nach dem Krieg geboren sind«, sagte Fanny.

»Ganz recht«, sagte Adrian.

»Und daß diese Erinnerung dem Helden ihres zweiten Romans gehört.«

»Auch richtig«, bestätigte Adrian. »Ich wollte Sie nur testen.«

»Da ich den Test bestanden habe, könnten wir womöglich damit aufhören, Spiele zu spielen, und mit unserem Interview weitermachen?«

»Wie wäre es vorher mit einem Happen zum Lunch?« fragte er.

»Lunch?« Fanny hörte sich nicht sehr begeistert an.

»Ja. Ellie hat uns etwas Aufschnitt und Salat im Kühlschrank dagelassen. Und ich könnte eine Dosensuppe aufmachen.«

»Normalerweise esse ich nichts zum Lunch«, sagte sie. »Doch wenn Sie hungrig sind, leiste ich Ihnen Gesellschaft und knabbere etwas mit, während wir weiterreden.«

»Sie essen nichts zum Lunch?« wunderte Adrian sich. »Sam hat sich aber besonders darüber aufgeregt, daß Sie ihn niedergemacht haben, nachdem Sie den delikaten Räucherlachs gegessen haben, den er für Sie vorbereitet hatte.«

»Das meiste davon hat er ja selbst gegessen«, stellte Fanny richtig. »Und von dem Wein hat er auch das meiste getrunken. Aber bitte – wenn Sie etwas essen möchten – lassen Sie sich nicht davon abhalten.«

»Nein, schon gut«, sagte Adrian. »Ich lasse den Lunch selbst häufiger ausfallen. Eigentlich bin ich nämlich auf Diät. Ich habe mehr Gesundheitsbewußtsein entwickelt, seit ich aufgehört habe, Romane zu schreiben.«

»Das ist interessant«, sagte Fanny. »Woran liegt das, Ihrer Meinung nach?«

»Ich nehme an, solange ich nach literarischer Unsterblichkeit strebte, habe ich wenige Gedanken auf die Sterblichkeit verschwendet«, sagte Adrian. »Als ich noch Romancier war, hatte ich den ganzen Tag meine Pfeife im Mund, habe mein Frühstück aus der Pfanne gegessen, mehr als eine halbe Flasche Wein zum Dinner getrunken und so gut wie keinen Sport gemacht. Heute überprüfe ich auf jeder Nahrungsmittelpackung das Verfallsdatum und mögliche Schadstoffe, vermeide Salz und Zucker, messe meine Alkoholaufnahme in Einheiten und jogge jeden Tag. Mein einziger Luxus ist die Sauna.«

»Ich würde eine Sauna kaum als Luxus bezeichnen«, sagte Fanny.

»Aber das Gefühl danach – finden Sie es nicht euphorisch?« fragte Adrian.

»Ein einziges Mal habe ich es probiert, da habe ich es gehaßt.«

»Wo war das?«

»Ach... irgendein Hotel mit Fitneß-Center«, sagte sie.

»Ich vermute, Sie hatten einen Badeanzug an.«

»Ja, natürlich.«

»Aber in der Sauna dürfen Sie nichts anhaben!« sagte er mit Nachdruck. »Es engt den Körper ein und behindert das Ausschwitzen. Das ist vollkommen falsch.«

»Ich hatte keine Wahl. Es war eine gemischte Sauna, gleich beim Swimmingpool.«

»Verstehe«, sagte Adrian kopfschüttelnd. »Ich wette, sie war voller Leute, die patschnaß direkt aus dem Pool kamen und da saßen, um Wolken von gechlortem Dampf auszudünsten...«

Fanny widersprach ihm nicht.

»Engländer haben wahrhaftig keine Ahnung, wie man eine Sauna nutzt«, sagte Adrian. »Es ist zum Heulen.«

»Und wie soll man sie nutzen?« fragte Fanny.

Adrian beugte sich aus seinem Sessel vor und sprach mit der Intensität eines Überzeugungstäters. »Zunächst nehmen Sie eine warme Dusche. Dann trocknen Sie sich ab. Dann baden Sie Ihre Füße einschließlich der Knöchel in einem warmen Fußbad. Dann gehen Sie in die Sauna und setzen oder legen sich auf eine Bank – je höher sie ist, desto heißer wird es – dann, nach zehn bis fünfzehn Minuten, wenn Ihnen der Schweiß am ganzen Körper in Perlen herunterläuft, nehmen Sie eine ausgiebige kalte Dusche oder Sie springen in einen eisigen See, falls einer zur Hand ist, dann mummeln Sie sich in einen Bademantel und entspannen sich irgendwo im Warmen.« Er stöhnte. »Das schlägt alles.«

Fanny war offensichtlich fasziniert. »Wo gehen Sie dafür hin?« fragte sie.

»Hinters Haus, in meinen Garten«, sagte er.

»Sie meinen, Sie haben Ihre eigene Sauna hier?«

»Oh, ja. Einen See gibt es nicht, leider, aber ich habe einen Anbau mit einer Duschgelegenheit und einem kalten Planschbecken. Würden Sie es sich gern ansehen?« Er deutete Richtung Hinterhaus.

»Später vielleicht«, sagte Fanny.

Adrian schaute sie an, mit Augen, in denen eine Idee aufzuglimmen schien.

»Eigentlich … könnten Sie es ausprobieren. Wenn ich Ihnen schon keinen Lunch anbieten darf, könnten wir statt dessen in die Sauna gehen.«

Nun war es an Fanny, einen Schreck zu bekommen. »Sie meinen?« fragte sie.

»Sie könnten die Erfahrung einer richtigen Sauna machen«, sagte er.

»Nein, danke.«

»Warum nicht?«

»Normalerweise führe ich nackt keine Interviews«, sagte sie.

»Oh, in der Sauna *redet* man doch nicht«, sagte Adrian. »Man unterhält sich schweigend mit der Hitze. Hinterher kann man reden.«

Fanny sah ihn stumm an, als wollte sie seine Gedanken lesen.

»Was befürchten Sie?« fragte Adrian. »Ich würde wohl kaum das Risiko eingehen, in der ›Sunday Sentinel‹ als Sex-Maniac bloßgestellt zu werden, oder?«

»Wissen Sie, allein aus diesem Vorschlag könnte ich schon eine Menge machen«, sagte sie.

»Ja, das könnten Sie wohl«, gab er zu. *»Mit der gleichen Selbstverständlichkeit, wie man einem Besucher vielleicht einen Drink anbietet, lud Adrian Ludlow mich ein, seine private Sauna auszuprobieren. Er versicherte mir, ich würde keinen Badeanzug benötigen. Ich machte die üblichen Ausflüchte und ging.«*

»Ich habe nicht die Absicht zu gehen«, sagte Fanny. »Ich habe mein Interview noch nicht fertig. Ich habe noch eine Menge Fragen durchzugehen.«

»Vergessen Sie die«, sagte Adrian.

»Was?«

»Zerreißen Sie alles. Lassen Sie uns neu beginnen, nach der Sauna. Kein Interview. Keine vorbereiteten Fragen und vorbereiteten Antworten. Keine Beschönigungen. Keine Ausflüchte. Keine Spielchen. Einfach ein Gespräch, das seinen eigenen Verlauf nimmt. Was sagen Sie dazu?«

Fanny sah Adrian scharf an. Er zuckte nicht mit der Wimper.

»Ich hole einen Bademantel und ein Handtuch für Sie und zeige Ihnen, wo Sie sich umziehen können«, sagte er und stand auf.

»Was bringt Sie zu der Annahme, ich wäre einverstanden?« fragte sie.

»Sind Sie es etwa nicht?« fragte er zurück.

Fanny stand langsam auf. »Ich werde mich in das Handtuch einwickeln«, sagte sie.

»Was immer Sie wollen«, sagte er.

Fanny blieb zurück, stellte den Kassettenrecorder ab und dann zurück auf den Kaffeetisch. Adrian hielt ihr die Küchentür auf. »Hier geht's lang«, sagte er.

Fanny war anscheinend zu einem Entschluß gekommen. Sie straffte sich, ging quer durch den Raum und die Tür, ohne Adrian anzusehen. Er folgte ihr und machte die Tür hinter sich zu.

3.

Etwa vierzig Minuten später war Fanny wieder im Wohnbereich des Cottage, zurückgelehnt in die Chaiselongue und in einen weißen Frotteebademantel gewickelt. Ihre Haare waren feucht, ihre Füße nackt. Ein Flugzeug über dem Haus. Adrian kam durch die Küchentür herein, er trug ebenfalls einen weißen, flauschigen Bademantel und Gummischlappen an den Füßen und brachte ein Tablett mit, darauf ein Behälter mit Orangensaft und zwei Becher. Er setzte das Tablett auf dem Eßtisch ab und sah hinüber zu Fanny.

»Wie fühlen Sie sich?« fragte er.

»Glückselig«, sagte Fanny und machte die Augen auf. »Sie haben mich bekehrt.«

»Gut.« Adrian schenkte Orangensaft in die beiden Gläser.

»Sie hatten vollkommen recht«, sagte Fanny. »Es *ist* sehr viel angenehmer, wenn man nackt ist.«

Adrian lächelte selbstgefällig. »Sie sollten jetzt etwas trinken, um den Flüssigkeitsverlust auszugleichen.« Er reichte ihr ein Glas Orangensaft.

»Danke.« Sie richtete sich in der Chaiselongue auf, um zu trinken. »Wie wurden Sie selbst zum Adepten?«

»Bei einem Schriftstellerkongreß mitten in Finnland, vor Jahren. Uns wurden wahlweise zwei Exkursionen angeboten: eine Führung durch die Stadt, die ungefähr so aufregend aussah wie Milton Keynes, oder eine traditionelle Rauchsauna an einem nahegelegenen See. Ich nahm die Rauchsauna.«

»Was ist das?« Fanny streckte die Hand aus, um ihren Recorder anzustellen.

Adrian beugte sich zu dem kleinen Recorder hinunter und prononcierte den Begriff ironisierend formell: »Eine Rauchsauna.« Er fuhr in normalem Tonfall fort. »Man heizt die Kabine auf durch ein Holzfeuer, das sie mit Rauch füllt. Dann öffnet man eine Falltür im Dach, eben lange genug, um den Rauch entweichen zu lassen, nicht aber die Hitze. Wenn man hineingeht, riecht es überall delikat nach Holzkohle. Die Wände und Bänke sind mit Ruß bedeckt, und bald ist man es auch. Die Hitze ist außerordentlich. Schweiß rinnt bächeweise an Ihrem Körper hinab.«

»Und hinterläßt Streifen im Ruß.«

»Genau. Da waren all diese berühmten Schriftsteller in diese Kabine gestopft, Hüfte an Hüfte, sahen aus wie Wilde in Kriegsbemalung und rochen wie gegrillte Spare-ribs.«

»Männer und Frauen zusammen?«

»Nein, darin sind die Finnen erstaunlich prüde. Gar nicht, wie man von Skandinaviern erwartet. Die Damen hatten eine separate Sitzung, und wir trafen sie erst später wieder zu Bier und Würstchen.«

»Hört sich nach Spaß an.«

»Ja, das war's auch. Außerdem gab es noch ein Fußballspiel: Finnische Autoren gegen den Rest der Welt, alles im Licht der Mitternachtssonne.«

»Wer hat gewonnen?«

»Wir: 3:2. Ich erinnere mich noch, daß Graham Swift sich als recht guter Torwart entpuppte.«

»Gehen Sie immer noch zu diesen literarischen Auftrieben?« fragte Fanny.

»Ich werde nicht mehr eingeladen«, sagte er.

»Das seßhafte Leben in einem Cottage auf dem Lande, direkt unter den Flugschneisen von Gatwick, muß einem vergleichsweise fad vorkommen.«

»Überhaupt nicht«, sagte Adrian. »Es ist ein Quell steter Befriedigung, mir klarzuwerden, daß ich es nicht nötig habe, einer von denen zu sein, die sich massenhaft und qualvoll durch die Flughafenschleusen winden, speziell um diese Jahreszeit.«

»Ich weiß, mir graut davor. Aber ich brauche meine Ferien.«

»Wie machen Sie Ferien?«

»Ganz konventionell. Am liebsten liege ich den ganzen Tag neben einem Pool in der Sonne, einen Stapel Taschenbücher in Reichweite und dann und wann ein kühler Longdrink. Dies Jahr fliegen wir in die Türkei. Was machen Sie?«

»Solche Ferien machen wir eigentlich gar nicht mehr«, sagte Adrian.

»Keine Ferien!«

»Es würde Sie überraschen, wie Sie ohne das auskommen können, wenn Sie es nur versuchen. Neue Autos, neue Kleider. Zweithäuser. Verdienen und ausgeben. Das ist doch kein Leben, ehrlich.«

»Sie haben all das aufgegeben, als Sie es aufgaben, Romane zu schreiben?«

»Richtig. Man nennt es ›Herunterschalten‹. Ich habe einen Artikel darüber gelesen.«

»›Herunterschalten‹ ist als Phänomen noch recht frisch.«

»Wir waren Pioniere.«

»Und in Amerika fing es damit an.«

»Nein, es fing hier an«, sagte Adrian mit Bestimmtheit. »Wo leben Sie?«

»Ich habe ein Loft in Clerkenwell gemietet.«

»Das Sie mit Cleighton teilen?«

»Ja.«

»Was macht er beruflich?«

»Er ist Anwalt.«

»Dann wäre Cleighton ja nützlich, wenn eines Ihrer Opfer Sie verklagte.«

»Er ist Wirtschaftsanwalt«, sagte Fanny. »Und ich wäre froh, wenn Sie dies Wort nicht mehr benutzen würden.«

»Creighton?«

»Opfer. Personen des öffentlichen Lebens müssen bereit sein, ein paar Schläge einzustecken. Und andere Leute haben Spaß daran, mitanzusehen, wie sie ein bißchen gezaust werden.«

»Ah! Das geben Sie also zu!«

»Natürlich, es liegt in der menschlichen Natur. Wenn Sie meinen Artikel über Sam Sharp lesen, empfinden Sie dann – neben Sympathie und Empörung und all dem, was ein Freund darüber hinaus noch empfinden sollte – empfinden Sie nicht auch das köstliche Gefühl klammheimlichen Vergnügens? Die Wahrheit, bitte. ›Keine Beschönigungen. Keine Ausflüchte.‹«

Sie beugte sich absichtlich vor und zwang ihm Augenkontakt auf.

»Schon gut, schon gut!« sagte Adrian. »Ich gebe es zu.«

Fanny entspannte sich mit einem Seufzer der Erleichterung. »Danke schön.«

»Wie schrecklich, so ein Geständnis machen zu müssen«, sagte Adrian. »Wie ich Sie dafür hasse, daß Sie mich dazu bringen, mich an den Leiden meines Freundes zu ergötzen.«

»›Leiden‹ ist etwas hochgegriffen für Sam Sharps angeknackstes Ego«, sagte Fanny

»Sie sind sehr zynisch für Ihr jugendliches Alter«, sagte Adrian. »Fühlen Sie denn niemals den kleinsten Anflug von Gewissensbissen, wenn Sie Ihre Artikel gedruckt sehen?«

»Nein.«

»Die Wahrheit, bitte.« Er übernahm ihre inquisitorische Art von vorhin.

»Weshalb sollte ich?« fragte sie. »Ich erfülle eine wertvolle kulturelle Aufgabe.«

»Ach. Und die wäre?«

»Es gibt heute so viel Überheblichkeit, die Leute verwechseln Erfolg mit echtem Verdienst. Ich erinnere sie an den Unterschied.«

»Und das zieht nach sich, daß man sich über ihre Toupets und ihre Cowboystiefel lustig macht?«

»Manchmal ist das der einzige Weg, um ihre Aufgeblasenheit anzubohren. Ihr Freund, Mister Sharp, hat ein gewisses Talent, doch er arbeitet nicht hart genug daran, es zu vervollkommnen. Er schreibt zu viel, zu schnell. Warum?«

»Er hat eine Ex-Gattin zu unterstützen. Zwei Ex-Gattinnen.«

»Je mehr er verdient, desto mehr Alimente hat er zu zahlen. Es ist nicht der Bedarf an Geld, der ihn hyperproduktiv macht, es ist Faulheit.«

»Sam – faul?«

»Ja. Indem er seinen Computer unentwegt Manuskripte ausspucken läßt, wie Autos, die vom Fließband rollen, läßt er sich nie die Zeit, sich über die *Qualität* seiner Produkte klarzuwerden. Wenn er eine schlechte Kritik kriegt, kann er sie mit einem Achselzucken abtun, da er bereits an seinem nächsten Projekt arbeitet. Die Leute, für die er arbeitet, kritisieren ihn nicht objektiv. Sie sind lediglich interessiert an Kosten und Terminen und Quoten. Da setze ich an. Ich hinterfrage die Natur seines ›Erfolges‹. Sein nächstes Drehbuch wird so ein wenig besser, als es sonst ausgefallen wäre, ohne die Nadelstiche, die ich seinem Ego seinerzeit versetzt habe.«

»Hmm«, machte Adrian.

»Sie klingen skeptisch«, sagte Fanny.

»Na ja, Sam und ich haben eine Menge hinter uns. Es braucht schon mehr als Nadelstiche, um ihn zu verändern.«

»Sie waren zusammen an der Universität, nicht wahr?« fragte Fanny.

»Ja. In unserer ersten Woche wurden wir in dieselbe Tutorengruppe gesteckt. Wir wurden unzertrennlich.

Hatten eine Wohnung zusammen, gaben zusammen eine Zeitschrift heraus, schrieben zusammen Sketche, betranken uns zusammen.«

»Es gibt eine Szene am Schluß eines Ihrer Romane, in der sich zwei Studenten betrinken nach ihrem Examen…«

»In *Salad Years.*« Adrian lachte über diese Erinnerung. »Ja, das waren wir. Ich kam aus der Mensa, und da war Sam, er schwankte mitten auf dem Campus herum, eine Flasche in der Hand, und hielt Ausschau nach mir. Wir hatten den ganzen Nachmittag zusammen getrunken, waren aber irgendwie getrennt worden. Als er mich sah, hellte sich sein Gesicht auf vor Freude, und er winkte und versuchte, mir entgegenzulaufen. Er war nur dermaßen betrunken, daß sein Gehirn die Botschaft, die es seinen Beinen übermitteln sollte, umkehrte. Anstatt daß sie ihn mir entgegentrugen, fingen sie an, rückwärts zu laufen. Ich konnte sehen, wie sich auf seinem Gesicht Verwirrung und Verunsicherung ausbreiteten, als ob er von irgendeiner unsichtbaren Macht entrückt worden wäre, doch je stärker er sich bemühte, mir entgegenzulaufen, desto schneller rannte er rückwärts, bis er schließlich das Gleichgewicht verlor und flach auf den Rücken in ein Blumenbeet fiel. Es war das Komischste, was ich je in meinem Leben gesehen habe.« Adrian mußte wieder lachen. »Zumindest schien es mir damals so«, sagte er.

»Ja, im Buch *ist* es komisch«, sagte sie. »Aber auch traurig. Der Held fühlt, daß es so etwas ist… wie… ein…«

»Omen.«

»Ja. Dafür, wie sie sich in den kommenden Jahren einander entfremden werden.«

»Das ist der Vorteil der Nachbetrachtung«, sagte Adrian. »Damals habe ich es nicht so empfunden.«

»Aber genau *das* passierte? Mit Ihnen und Sam Sharp?«

»Es war nicht voraussehbar. Diese Art Freundschaft gehört zur Jugend. Sie kann das Erwachsenwerden nicht überleben. Beider Leben laufen auseinander: Man beschreitet verschiedene Karrierewege, heiratet, übernimmt Verantwortung...«

»Würden Sie sagen, daß in Ihrer Freundschaft am College ein homosexuelles Element enthalten war?« fragte Fanny.

»Lieber Himmel, nein!« sagte Adrian eindringlich.

»Ich meine nichts offenkundig Physisches«, sagte sie. »Sondern eher eine unterbewußte homoerotische Anziehung?«

»Absolut nicht«, sagte Adrian.

»Warum stört Sie diese Unterstellung so sehr?« fragte Fanny.

»Ah, ich wittere Freudschen Doppelsinn«, sagte Adrian. »Ja heißt ja, und nein ist ein verleugnetes ja. Ich fürchte, Sie bellen den falschen Mond an. Wir waren beide in Ellie verliebt, die meiste Zeit.«

»Ellie?«

»Meine Frau«, sagte Adrian knapp. Er sah aus, als bedauere er bereits, ihren Namen erwähnt zu haben.

»Ach so«, sagte Fanny. »Ach *so!* Ihre Frau ist also das Mädchen in *Salad Years* – wie war ihr Name, Fiona?«

»O nein, Eleanor ist ein ganz anderer Typ Mensch«, sagte Adrian.

»Aber sie spielte die gleiche Rolle Ihnen und Sam gegenüber wie Fiona im Roman zwischen den zwei jungen Männern.«

»Bis zu einem gewissen Punkt.«

»Im Buch *teilen* sie sich Fiona sogar eine Zeitlang«, sagte Fanny. »Sie schläft mit ihnen beiden.«

»Schauen Sie, wenn es Ihnen recht ist, würde ich das lieber nicht weiter erörtern«, sagte Adrian.

»Ich dachte, diese Unterhaltung sollte ihren eigenen Verlauf nehmen«, sagte Fanny.

»Soweit es mich betrifft, ja. Aber das betrifft Ellie.«

»Also hat sie mit ihnen beiden geschlafen?«

»Das habe ich nicht gesagt.«

»Sie würden sich dabei nicht so bedeckt halten, wenn sie es nicht getan hätte.«

Adrian schwieg, während er überlegte, ob er noch mehr sagen sollte. »Nein, tut mir leid«, sagte er dann und schüttelte den Kopf.

»Off the record«, sagte Fanny. Sie beugte sich vor und stellte den Recorder ab.

»Off the record – was haben Sie dann davon?«

»Ich habe Ihnen gesagt, daß mein Interesse mehr als nur professionell ist.«

»Woher weiß ich, daß ich Ihnen vertrauen kann?«

»Ich habe Ihnen vertraut, als ich mit Ihnen in die Sauna gegangen bin«, sagte Fanny. »Woher konnte *ich* wissen, daß ich das durfte?«

Adrian zögerte noch einen Moment. Dann sagte er:

»Gut, ich erzähle es Ihnen, aber es bleibt absolut off the record.«

»Absolut.« Fanny zog die Knie unter ihrem Bademantel an, wie ein Kind, das eine Geschichte erzählt bekommen soll.

»In unserem zweiten Jahr schrieben Sam und ich eine Revue für die Schauspielgruppe, und Ellie tauchte zum Vorsprechen auf. Sam und ich verliebten uns auf der Stelle in sie, und sie fühlte sich zu uns hingezogen. Zu uns beiden. Wir wollten nicht um sie kämpfen, also gewöhnten wir uns daran, überall gemeinsam hinzugehen, in trauter Dreisamkeit. Niemand konnte sich einen Reim darauf machen, was da mit uns vorging. Wir hatten Spaß daran, die Leute im ungewissen zu lassen.«

»Und was *ging* da vor?« fragte Fanny.

»Sexuell gar nichts. Meist saßen wir herum und rauchten Pot, und manchmal kam es zu einem Schmusestündchen *à trois,* sonst war nichts. Dann erhielt Sam eines Tages die Nachricht, sein Vater sei schwer erkrankt, und fuhr überstürzt heim. Ellie und ich waren zum ersten Mal allein miteinander. Eines Nachts, nach ein paar guten Joints, waren wir reichlich bekifft und landeten in meinem Bett. Als Sam zurück war – seinem Vater ging es wieder besser –, hatten wir das Gefühl, ihm das erzählen zu müssen. Er wurde wütend. Er beschuldigte uns, ihn betrogen und die wunderbare, einzigartige Beziehung zerstört zu haben, die zwischen uns dreien bestanden hatte. Ellie und ich versuchten, Sam zu erklären, daß wir es nicht geplant hatten, daß es einfach so passiert war, aber er wollte sich nicht beruhigen. Bis...« Adrian hielt inne.

»Bis Ellie ihm anbot, auch mit ihm zu schlafen«, sagte Fanny.

»Ja. Sie sagte, dann wären wir alle wieder auf dem gleichen Stand. Ich werde nie vergessen, was Sam für ein Gesicht machte, als sie das sagte. Wir kamen beide aus dem Staunen nicht heraus, um ehrlich zu sein. Die Geste erschien uns dermaßen großherzig. Die ganze Eifersuchtskiste, der ganze Besitzanspruch, alles schien mit einem Schlag vom Tisch gewischt. Sie wissen ja, das war in den Sechzigern: Wir glaubten, wir könnten die sexuellen Beziehungen neu definieren. In der folgenden Nacht machte ich mich also unsichtbar, und Ellie ging mit Sam ins Bett. Er und ich haben danach nie darüber geredet, und wir machten weiter in reiner, platonischer Dreisamkeit. Aber natürlich war es nicht mehr dasselbe. Wir hatten den Apfel gegessen oder zumindest einen großen Biß davon genommen. Letzten Endes mußte Ellie sich also zwischen uns entscheiden.«

»Im Roman«, sagte Fanny, »schläft das Mädchen weiterhin mit beiden Männern, noch für längere Zeit.«

»Das ist alles Erfindung. Normalerweise gibt es in Romanen mehr Sex als im Leben, ist Ihnen das nie aufgefallen?« fragte Adrian. »Egal, nach einer Menge Frust, unglücklichen Experimenten mit anderen Beziehungen und so weiter hat sich Ellie jedenfalls für mich entschieden. Im Roman heiratet sie natürlich keinen von beiden, und sie gehen alle getrennte Wege.«

Fanny wartete, ob Adrian noch etwas hinzuzufügen hätte, aber das hatte er nicht.

»Das war faszinierend«, sagte sie. »Danke.«

»Ich finde, jetzt sollten Sie mir etwas erzählen, was ebenso... persönlich ist, von Ihnen.«

»Warum?«

»Das fände ich nur fair.«

»Gut«, sagte sie. »Was möchten Sie denn wissen?«

»Nun... erzählen Sie mir von Ihrer Tätowierung.«

Fanny wirkte ein wenig gehemmt. »Von meinem Schmetterling?«

»Er war nicht zu übersehen für mich, eben...« Er deutete Richtung Sauna. »Tragen Sie ihn, um die Blondine in sich rauszulassen?«

»Nein, ich wollte damit meinem Freund einen Gefallen tun«, sagte Fanny.

»Creighton?«

»Gott, nein, das ist schon Jahre her«, sagte sie. »Die Zeit zwischen Schule und Universität. Ich trieb es ein bißchen wild damals. Sein Name war Bruce. Er war Rockmusiker, ganz mit Tätowierungen bedeckt. Er löcherte mich, mir auch eine verpassen zu lassen, und ich war so vernarrt, daß ich nachgab. Es ist echt lästig. Im Sommer kann ich keine ärmellosen Kleider tragen.«

»Ach, ich finde es ganz charmant. Sieht aus, als ob der Schmetterling sich gerade auf Ihrer Schulter niedergelassen hätte.«

»Unglücklicherweise trägt er Bruces Initialen auf seinen Flügeln eingeritzt.«

»Ist mir gar nicht aufgefallen.«

»Außerdem hat er die Tendenz, sich zu einem öden Gesprächsgegenstand auf Cocktail-Partys zu entwikkeln.«

»Ja, daß das nervt, kann ich mir vorstellen. Ist er überhaupt nicht wieder wegzukriegen?«

»Schon, aber nur per Hauttransplantation.« Sie schob den Bademantel von ihrer Schulter zurück, um einen Blick auf die Tätowierung zu werfen. »Er ist kein bißchen schwächer geworden. Bruce hat mich fürs Leben gezeichnet, verdammter Kerl.«

Adrian kam näher, um die Tätowierung zu begutachten

»B. B.«, sagte er

»Bruce Baxter.«

»Hat's weh getan?«

»Es war die Hölle.«

»Und jetzt?«

»Oh, jetzt spüre ich nichts mehr«, sagte sie.

»Ist aber ziemlich gut gemacht, oder?« Adrians Finger zeichnete die Umrißlinie der Tätowierung nach.

Abgesehen von dem formellen Händedruck an der Tür war dies das erste Mal, daß er sie berührte, und die Berührung war intim. Nicht anmaßend, nicht verletzend, nicht erotisch – aber auf der Schwelle zum Erotischen. Ihr jähes Erstarren zeigte, daß sich beide der Natur dieser Grenzsituation bewußt waren, sie verharrten wie Skulpturen auf einem klassischen Fries. Adrians Fingerspitze berührte weiterhin zart Fannys Haut, während er den Schmetterling studierte, mit dem Interesse eines Entomologen. Fanny starrte gebannt auf den Schmetterling und auf seine Fingerspitze. Keiner von beiden sagte ein Wort. Es war Eleanor, die sagte: »Störe ich irgendwie?« Sie stand in der Küchentür.

Adrian fuhr herum und sprang von der Chaiselongue auf. Fanny zog den Bademantel über ihre Schulter und stand auf.

»Ellie!« rief Adrian. »Du bist früh zurück. Ich habe den Wagen gar nicht gehört.«

»Nein, er ist außerhalb des Dorfs liegengeblieben. Ich bin über die Felder gegangen.«

»Das ist Fanny Tarrant.«

»Das habe ich mir beinahe gedacht«, sagte Eleanor.

»Hallo«, sagte Fanny. Eleanor ignorierte sie.

»Wir kommen gerade aus der Sauna«, sagte Adrian.

»Wie schön«, sagte Eleanor kühl.

»Was ist los mit dem Wagen?« fragte Adrian.

»Ich weiß nicht«, sagte Eleanor. »Vermutlich ist ihm nur das Benzin ausgegangen.«

Fanny verkniff sich ein Lächeln. Adrian fing ihren Blick auf und grinste.

»Habe ich was Komisches gesagt?« fragte Eleanor.

»Nein, nur daß... ach, vergiß es«, sagte Adrian.

»Ich werde mir lieber was anziehen«, sagte Fanny. »Entschuldigen Sie mich.« Sie ging durch die Küchentür hinaus.

»Ich habe dich nicht so bald zurückerwartet«, sagte Adrian zu Eleanor.

»Offensichtlich nicht«, sagte sie.

»Ellie! Sei nicht albern.«

»Rosemarie hatte mal wieder ihre Migräne. Deswegen bin ich früher nach Hause gekommen«, erklärte Eleanor. »Wie sieht sie aus, nackt?«

»Kann ich wirklich nicht sagen. Es ist ziemlich dunkel in der Sauna.«

»Und was ist mit der Dusche?«

»Ich habe nicht mit ihr zusammen geduscht. Ich blieb in der Sauna, nachdem sie...« Adrian machte eine ungeduldige Handbewegung. »Ich weiß nicht, warum ich dies alberne Spielchen mitmache. Ich gehe mich anziehen.« Er machte ein paar Schritte Richtung Küche, überlegte es sich dann offenbar anders und ging durch die Tür in die Halle und die Treppe hinauf.

Eleanor stand für einen Moment gegen die Ecke des Eßtischs gelehnt und starrte ins Leere. Dann ging sie langsam im Raum umher, wie jemand, der nach Anhaltspunkten sucht. Sie bemerkte Fannys Kassettenrecorder auf dem Kaffeetisch, hob ihn hoch und wog ihn in der Hand, als wollte sie so ergründen, was er enthielt. Das kleine Gerät hatte keinen Lautsprecher. Sie schaute dann zu Adrians Hi-Fi-Anlage im Regal hinüber. Das Kontrollämpchen leuchtete immer noch. Eleanor ging hin und drückte die Wiedergabetaste. Das Rauschen eines unbespielten Bandes kam aus den Lautsprechern. Eleanor drückte für einige Sekunden die Rückspultaste. Dann drückte sie die Stoptaste und wiederum die Wiedergabetaste. Ihre eigene Stimme kam aus den Lautsprechern, gefolgt von den Stimmen Adrians und Fannys.

»Vermutlich ist ihm nur das Benzin ausgegangen ... Habe ich was Komisches gesagt?«

»Nein, nur daß... ach, vergiß es.«

»Ich werde mir lieber was anziehen. Entschuldigen Sie mich.«

Wieder drückte Eleanor die Rückspultaste, diesmal für mehrere Sekunden. Dann stoppte sie die Kassette und drückte nochmals auf Wiedergabe.

»... Rockmusiker, ganz mit Tätowierungen bedeckt. Er löcherte mich, mir auch eine verpassen zu lassen, und ich war so vernarrt, daß ich nachgab. Es ist echt lästig. Im Sommer kann ich keine ärmellosen Kleider tragen.«

»Ach, ich finde es ganz charmant. Sieht aus, als ob der Schmetterling sich gerade auf Ihrer Schulter niedergelassen hätte.«

Eleanor verzog das Gesicht und drückte die Stoptaste. Sie entfernte sich von der Anlage, entschied sich dann jedoch für einen weiteren Versuch. Diesmal hielt sie die Rücklauftaste längere Zeit gedrückt, bevor sie das Band stoppte und die Wiedergabetaste drückte.

»... die ganze Eifersuchtskiste, der ganze Besitzanspruch, alles schien mit einem Schlag vom Tisch gewischt. Sie wissen ja, das war in den Sechzigern: Wir glaubten, wir könnten die sexuellen Beziehungen neu definieren. In der folgenden Nacht machte ich mich also unsichtbar, und Ellie ging mit Sam ins Bett. Er und ich haben danach nie darüber geredet, und –«

Abrupt drückte Eleanor die Stoptaste und schnitt den Ton ab. Sie begann, schneller zu atmen. Zunächst sah sie schockiert aus, dann wütend. Beinah eine Minute verging. Dann erschien Adrian in der Tür zur Halle, anders angezogen als zuvor. Seine Hosenbeine hatte er in die Socken gestopft.

»Ich nehme einen Kanister Benzin mit zum Auto

und schaue mal, ob er anspringt«, sagte er. Eleanor, die Adrian den Rücken zugekehrt hatte, antwortete nicht. »Wo steht er genau? Zwischen uns und dem Dorf?« Als Eleanor immer noch nicht antwortete, kam er ins Zimmer. »Ellie?« sagte er mit einer gewissen Ungeduld.

»Wie konntest du nur?« sagte sie.

»Was?«

Eleanor machte einen Bogen um ihn. »Mich so betrügen.«

»Um Gottes willen, Ellie, wir waren bloß in der Sauna!« sagte er. »Es ist nichts passiert.«

»Ich rede nicht von der elenden Sauna«, sagte Eleanor. »Ich meine, ihr das zu erzählen über *mich,* über mein Privatleben.«

»Wovon redest du?« fragte er, doch sein Gesichtsausdruck sagte: *Wie kannst du das wissen?*

Eleanor drückte die Wiedergabetaste der Hi-Fi-Anlage.

»... wir machten weiter in reiner, platonischer Dreisamkeit. Aber natürlich war es nicht mehr dasselbe. Wir hatten den Apfel gegessen oder zumindest einen großen Biß davon genommen. Letzten Endes mußte Ellie sich also zwischen uns entscheiden.«

»Oh, Scheiße«, sagte Adrian.

»Im Roman –«

Adrian machte die Anlage aus. »Das war off the record«, sagte er.

Eleanor zeigte zur Hi-Fi-Anlage. »Aber es *ist* drauf auf dem elenden Recorder!«

»Ich meine, sie hat ihren eigenen Kassettenrecorder für den Teil ausgeschaltet. Daß meiner an war, hatte ich vergessen.«

»Es ist mir egal, was an oder aus war«, sagte Eleanor. »Du hast einer völlig Fremden etwas sehr Privates über mich erzählt, über *mich,* ohne meine Erlaubnis.«

»Es tut mir leid, Ellie, aber –«

»Ich bin fassungslos. Ich kann das kaum glauben.«

»Ellie. Hör zu. Ich erkläre dir, wie es dazu kommen konnte. Mir ist etwas über unsere Studienzeit herausgerutscht, wie Sam und ich dir begegnet sind, und sie hat sich blitzartig darauf gestürzt –«

»Und das wundert dich!«

»Ich dachte, es wäre das beste, ihr reinen Wein einzuschenken, off the record. Auf die Weise kann sie nichts davon verwenden.«

»Was hätte sie für ein Interesse an etwas, das sie nicht verwenden kann?«

»Das habe ich sie auch gefragt«, sagte Adrian. »Es stellte sich heraus, daß sie eigentlich auch ein bißchen ein Fan ist von mir...«

»Oh, wie nett! Hat sie dir ein Buch zum Signieren mitgebracht?«

»Ja, zufällig hat sie das«, sagte Adrian.

»Gütiger Himmel! Du bist genauso schlimm wie Sam!« sagte Eleanor. »Ihr giert beide nach weiblichen Schmeicheleinheiten wie ein Baby nach der Mutterbrust. Ihr verdreht die Augen und schluck, schluck, schluck.« Adrian sagte nichts. »Was hast du ihr sonst noch erzählt, off the record?« fragte Eleanor. »Hast du ihr erzählt, daß ich eine Abtreibung hatte?«

Adrian wirkte schockiert und verängstigt. Er schielte zur Küchentür hinüber und dämpfte seine Stimme. »Selbstverständlich nicht«, zischte er. »Bist du verrückt geworden?«

»Nein, aber du bist es, glaube ich«, sagte Eleanor. »Angenommen, sie findet es alleine heraus?«

»Wird sie nicht. Kann sie nicht«, sagte Adrian. »Die ganze Sache mit dir und mir und Sam bleibt außen vor. Sie hat mir ihr Wort gegeben.«

»Und du traust ihr?«

»Ja«, sagte er. »Allerdings.«

Fanny kam durch die Küchentür, genauso sorgfältig gekleidet wie bei ihrer Ankunft.

»Ah, da sind Sie ja«, sagte Adrian. Eleanor wandte sich ab, bemüht, ihre Fassung wiederzugewinnen. Adrian ging Richtung Halle. »Ich will nur zum Wagen, um etwas Benzin nachzufüllen. Er steht doch zwischen uns und dem Dorf, Ellie?«

»Ja«, sagte Ellie, ohne sich umzudrehen.

»Wenn er anspringt, bringe ich Sie zum Bahnhof«, sagte Adrian zu Fanny.

»Danke, aber machen Sie sich keine Umstände«, sagte sie.

»Kein Umstand. Bin jeden Moment zurück.« Und bevor sie ihn aufhalten konnte, war er schon draußen.

»Nicht doch, bitte –« Fanny rief ihm hinterher; doch entweder konnte oder wollte er sie nicht hören. Sie hörten das Geräusch der sich schließenden Vordertür. Fanny seufzte. »Ich habe mir gerade die Freiheit genommen, von der Küche aus ein Taxi zu rufen«, sagte sie zu Eleanor.

Eleanor wandte ihr das Gesicht zu. »Welchen Zug wollen Sie nehmen?«

»Den ersten, der kommt.«

Eleanor schaute auf ihre Uhr. »Einen haben Sie gerade verpaßt. Sie werden fast eine Stunde warten müssen. Es sei denn, Sie nehmen das Taxi gleich bis Gatwick.«

»Dann mache ich das.« Beide schwiegen. »Ziemlich unangenehme Situation«, sagte Fanny.

»Ja«, sagte Eleanor.

»Ich hoffe, Sie ziehen keine voreiligen Schlüsse...«

»Welche Art von Schlüssen?«

»Wir waren zusammen in der Sauna, das ist alles. Es war nichts... Sexuelles dabei.«

»Sie sehen nichts Sexuelles darin, wenn Sie völlig nackt in einer kleinen Holzkabine neben einem fremden Mann sitzen?« fragte Eleanor.

»Ich habe mich ganz wohl gefühlt. Es gab keine Berührungen oder dergleichen.«

»Er schien Sie aber zu berühren, gerade, als ich hereinkam.«

»Ich habe ihm eine Tätowierung gezeigt, die ich auf der Schulter habe.«

»Ich verstehe. Ich meine, das ist doch mal was anderes als die gute alte Briefmarkensammlung.«

»Schauen Sie, es tut mir leid. Im nachhinein war es vermutlich keine so gute Idee, das mit der Sauna, aber er hat mich sozusagen herausgefordert, und einer Herausforderung konnte ich noch nie widerstehen.« Fanny ging hinüber zu dem Kaffeetisch und packte ihren Kassettenrecorder ein.

»Wieso sind Sie hergekommen?« fragte Eleanor.

»Um Ihren Mann zu interviewen.«

»Ja, aber warum ihn? Er ist kein bekannter Autor mehr.«

»Das war es, was mich interessiert hat. Ich wollte herausfinden, warum er zu schreiben aufgehört hat.«

»Und haben Sie das?«

»Ich glaube schon«, sagte Fanny. »Er hat mir erzählt, daß er nichts mehr zu sagen hatte, was ihm der Mühe wert schien, sich noch eine Geschichte auszudenken, um es sagen zu können.«

»Ach, hat er das?« fragte Eleanor.

»Nicht viele Autoren zeigen so viel Demut.«

Eleanor stieß einen Laut aus, dessen Bedeutung auch ohne Worte offensichtlich war. Fanny schaute zu ihr hinüber, in ihren Augen flackerte plötzlich Interesse auf. Eleanor, immer noch sprühend von mühsam unterdrücktem Zorn, entging dieser Blick.

»Sie sind anderer Meinung?« fragte Fanny.

»Ich habe zu viele Stunden damit verbracht, seine Selbstachtung zu stützen.«

Von Eleanor unbemerkt, schaltete Fanny ihren Recorder, den sie immer noch in der Hand hielt, wieder ein. »Na ja«, sagte sie beiläufig, »Virginia Woolf hat irgendwo gesagt, das Schlimmste am Schriftstellerdasein sei, daß man so abhängig davon ist, gelobt zu werden.«

»Das ist auch das Schlimmste daran, wenn man mit einem verheiratet ist«, sagte Eleanor. »Begeistert man sich für sein Werk nicht, ist er eingeschnappt, und tut man es, findet er, daß das nicht richtig zählt.«

»Was es natürlich auch nicht tut«, sagte Fanny lächelnd. »Nicht soviel wie Kritiken.«

»Adrian kriegte großartige Kritiken für sein erstes Buch«, sagte Eleanor. »Das war das Schlimmste, was ihm hatte passieren können.«

»Wieso?«

»Er war davon überzeugt, das würde so weitergehen aus diesem Arsenal von Bombenkritiken. Ging es nicht. Jeder Roman wurde zur Zerreißprobe, eine immer härter als die davor. In den Tagen um die Veröffentlichung wurde die Spannung im Haus unerträglich. Meist saß er frühmorgens in Pyjama und Bademantel auf der Treppe und wartete darauf, daß die Zeitungen durch den Briefschlitz fielen. Dann, sobald ich aufgestanden war, schickte er mich los, die anderen Zeitungen zu holen.«

»Warum holte er sie nicht selbst?«

»Weil er anderen Leuten gern vormachte, daß es ihm nicht der Mühe wert war, Kritiken zu lesen, daß er all das mir überlasse. Und eine Zeitlang habe ich das auch für ihn übernommen. Ich habe ihm nur vage angedeutet, wie sie waren – der ›Observer‹ gab eine Zwei plus, der ›Telegraph‹ Eins minus, und so weiter. Die Dreien und Vieren habe ich ihm verschwiegen. Aber das nutzte nichts, denn sobald ich nicht da war, würde er sie aus der Sammelmappe nehmen, und ich konnte an der Leichenmiene, mit der er durchs Haus schlich, erkennen, daß er eine schlechte entdeckt hatte.«

»Es muß damals schwierig gewesen sein, mit ihm zu leben.«

»*Schwierig!* Es war ein verdammtes Ding der Unmöglichkeit. Kein Wunder, daß die Jungens aus dem Haus gingen, sobald sie nur konnten ... Zwischen den Höllenqualen der Erschaffung und dem Gottesurteil der Veröffentlichung gab es eine Zeitspanne von ungefähr drei Monaten, in der er wie ein normales menschliches Wesen war. Dann begann der ganze Teufelskreis von vorn.«

»Warum hörte es auf nach *Out of the Depths?*«

»Sein Verlag war sehr zufrieden damit, und irgendein Idiot dort hat Adrian in den Kopf gesetzt, daß er den BOOKER-Preis dafür bekommen werde und weiß Gott was noch alles. Na ja, als es herauskam, war die Aufnahme wie üblich gemischt – ein paar gute Kritiken, ein paar weniger gute, einige wenige bösartige von jugendlichen Klugscheißern, die darauf aus waren, sich selbst einen Namen zu machen – und es war nicht einmal nominiert für den BOOKER-Preis. Adrian verfiel in tiefe Depressionen – und ich mußte wenigstens versuchen, die vor seinem Verleger, seinem Agenten, seinen Freunden und dem Rest der Welt verborgen zu halten. Ich konnte es einfach nicht mehr ertragen.«

»Sie drohten damit, ihn zu verlassen?«

»So weit ist es gekommen. Aber er kam zu dem Entschluß, daß er es auch nicht mehr ertragen konnte. Er erklärte, mit dem Romanschreiben sei er fertig. Wir verkauften unser Haus in London und zogen hier heraus, um ein anderes Leben anzufangen ... Ja ... Es war eine Lösung, aber nicht gerade eine heldenhafte.«

»Ich muß zugeben, ich bin enttäuscht«, sagte Fanny.

»Wieso?«

»Na ja. Er *war* so eine Art Held für mich, damals.«

Eleanor sah Fanny unruhig an. Es läutete an der Tür.

»Das wird mein Taxi sein«, sagte Fanny. Sie stellte ihren Recorder aus. Eleanor hatte das bemerkt und geriet in Panik.

»Sie haben das doch nicht etwa auf Band aufgenommen, oder?«

»Allerdings«, sagte Fanny und öffnete die Schnallen ihrer schmalen Aktentasche.

»Sie haben mich nicht um Genehmigung gebeten.«

»Was macht das für einen Unterschied?«

»Sie hatten kein Recht dazu.«

»Sie haben nicht gesagt, es sei off the record.«

»Ich weiß, aber...«, Eleanor geriet ins Stocken.

»Aber: was? Warum haben Sie mir denn den ganzen Stoff geliefert?«

»Ich war aufgebracht.«

»Sie hatten eine Scheißwut auf Ihren Ehemann, also haben Sie ihn verkauft an mich.« Fanny steckte den Recorder in ihre Aktentasche und machte sie zu.

»Geben Sie mir das Band. Oder löschen Sie den Teil, auf dem ich bin.«

Fanny schüttelte den Kopf. »Tut mir leid.« Wieder läutete es an der Tür. »Ich muß gehen.«

Eleanor trat vor, um sie daran zu hindern, in die Halle zu gelangen. Fanny blieb in Habtachtstellung stehen, die Aktentasche an ihrer Seite. »Schauen Sie, ich glaube, ich wollte, daß Sie die Wahrheit erfahren«, sagte Eleanor. »Aber daraus folgt nicht notwendigerweise, daß sie von Ihnen veröffentlicht werden sollte.«

»›Nicht notwendigerweise‹?« wiederholte Fanny sardonisch.

»Bitte.«

»Sie wissen, wovon ich lebe.«

Beide Frauen ertrugen für einen Moment den Blick der anderen. Dann sagte Eleanor: »Ja, Sie zerstören das Leben anderer Menschen. Korrupt und skrupellos wie Sie sind, schmeicheln Sie sich bei ihnen ein, verlocken sie dazu, unbedachte Bemerkungen zu machen, und hintergehen ihr Vertrauen, vernichten ihre Selbstachtung und zerstören ihren Seelenfrieden. Davon leben Sie.«

Noch einmal ging die Türglocke.

»Leben Sie wohl«, sagte Fanny und war verschwunden. Gleich darauf hörte Eleanor, wie die Vordertür zugeschlagen wurde. Sie setzte sich auf einen Stuhl an den Eßtisch und sah ins Leere – oder in die Zukunft. Ihr Zorn war verraucht. Ihre ganze Haltung drückte nur mehr Reue aus und tiefe Sorge.

4.

Etwa zwei Wochen später, sehr früh am Morgen, saß Eleanor in demselben Stuhl fast in der gleichen Haltung, abgesehen davon, daß sie einen Becher vor sich stehen hatte, dessen Boden noch mit kaltem Tee bedeckt war. Sie trug einen Morgenmantel über ihrem Nachthemd. Der Himmel war bedeckt und das Licht des Tages getrübt von einem feuchten Nebel, der über den Feldern hing. Durch das Fenster des Cottage wirkte die Landschaft beinah monochrom. In der Ferne krähte ein Hahn. Eleanor straffte sich, als sie das Geräusch eines Fahrzeugs vernahm, das sich dem Cottage näherte. Langsam bog es in die Einfahrt ein, leise knirschten die Reifen auf dem Kies. Die Maschine verstummte. Eine Wagentür fiel mit sanftem Plopp ins Schloß. Eleanor schoß in die Halle und entriegelte die Vordertür. Als sie öffnete, stand Sam Sharp auf der Schwelle.

»Lieber Himmel, ausgerechnet du«, sagte Eleanor.

»Es ist furchtbar früh, ich weiß, aber –«

»Komm rein«, sagte sie, in einem Ton, der nicht sonderlich entzückt klang.

Sie führte ihn in den Wohnbereich. »Komme gerade

mit dem Jetlagger aus L. A.«, sagte er. Er trug einen zerknitterten Leinenanzug mit einem Fettfleck auf dem Revers, sein Gesicht war unrasiert. »Dachte, ich könnte meinen Krug einsammeln, falls du schon auf wärst. Was du ja bist.«

»Du hast gesagt, du bleibst für einen Monat«, sagte Eleanor.

»Meine Pläne haben sich geändert. Wie geht's dir überhaupt?« Er beugte sich vor, um Eleanor auf die Wange zu küssen, doch sie wich ihm aus und setzte sich an den Eßtisch.

»Ich möchte dich nicht küssen, Sam.«

Sam war verwirrt. »Oh.« Er fuhr sich mit dem Handrücken über das Kinn. »Stoppeln? Mundgeruch?«

»Ich bin wütend auf dich.«

»Warum? Was habe ich getan?«

»Du hast diese Giftschlange Fanny Tarrant in unser Leben geschleust.«

Sam wirkte überrascht. »Du meinst – sie hat Adrian interviewt?«

»Ja.«

»Warum hast du das nicht gleich gesagt? Und, hat Adrian den Artikel über sie geschrieben?«

»Soviel ich weiß, nicht. Aber Fanny Tarrant hat ihren über ihn geschrieben.«

»Zeig her«, sagte Sam.

»Er ist noch nicht da. Deswegen bin ich ja schon auf um diese unchristliche Zeit. Ich warte darauf, daß die Sonntagszeitungen kommen.«

»Woher weißt du, daß es in der heutigen Ausgabe steht?«

Er ist letzten Sonntag angekündigt worden: *Fanny Tarrant spürt Adrian Ludlow in seinem Versteck auf.*«

»Das klingt doch ganz in Ordnung«, sagte Sam. »Womöglich wird es ein ganz netter Artikel.«

»Wird es nicht«, sagte Eleanor.

»Woher weißt du das?«

»Das ist eine lange Geschichte. Ich versuche, es kurz zu machen. Setz dich.«

»Kann ich vorher einen Kaffee haben?«

»Nein«, sagte Eleanor.

»Nein? Wie in Neinsager?«

»Hör zu, verdammt noch mal«, sagte Eleanor.

Endlich ging es auch in Sams Schädel, daß etwas Ernstes geschehen war. »Schon gut, schon gut«, sagte er und setzte sich gehorsam.

»Deine blöde Idee hat funktioniert, bis zu einem gewissen Punkt. Adrians Agent –« sie hielt inne und starrte Sam an. »Wo ist dein Toupet?« fragte sie. Sein Kopf war gekrönt von einer großen kahlen Stelle.

»Auf dem Müll«, sagte Sam ein wenig verlegen.

»Wieso?«

»Es war die reinste Plage in Kalifornien. Jedesmal im Pool hat es sich gelöst... Erzähl weiter.«

Eleanor erzählte Sam, wie das Interview arrangiert worden war, gegen ihren Rat, und wie sie es so eingerichtet hatte, daß sie an dem Tag weg war. »Aber ich bin früher als erwartet zurückgekommen.« Sie machte eine Pause, während der sie sich diesen Augenblick vergegenwärtigte.

»Du willst mir doch nicht erzählen, daß du sie zusammen im Bett erwischt hast?« fragte Sam.

»Nicht ganz so abgedroschen«, sagte Eleanor. »Aber sie waren gerade zusammen in der Sauna gewesen.«

»In der Sauna? Willst du sagen, nackt?«

»Für mich sah es so aus.«

»Teufel auch!« sagte Sam mit einer Mischung aus Neid und Bewunderung.

»Als ich reinkam, lümmelten sie sich in Bademänteln herum. Ihrer enthüllte aufreizend ihre Schulter, da sie ihm gerade ihre Tätowierung zeigte.«

»Was für eine Tätowierung?« fragte Sam.

»Was spielt das für eine Rolle?« fragte Eleanor irritiert. »Ein Schmetterling.«

»Flattert wie ein Schmetterling, sticht zu wie eine Biene.«

»Mehr wie ein Skorpion. Eigentlich sollte sie den Stachel eines Skorpions auf ihrem Hinterteil eintätowiert haben«, sagte Eleanor. »Na ja, ich war nicht gerade begeistert von diesem Tableau, aber ich konnte mir auch nicht vorstellen, daß etwas Intimeres passiert wäre.«

»Du hast viel Vertrauen«, sagte Sam.

»Er ist so stolz auf seine Sauna, verstehst du«, erklärte Eleanor. »Er versucht ständig, Leute davon zu überzeugen. Ich glaube nicht, daß er versucht hat, sie zu etwas anderem zu verführen.«

»Aber vielleicht hat sie versucht, ihn zu verführen?«

»Daran habe ich gedacht. Aber egal, während sie sich angezogen haben, habe ich entdeckt, daß Adrian das Interview aufgenommen hatte.« Eleanor faßte zusammen, was Adrian auf dem Band zu Fanny gesagt hatte.

Sam fuhr hoch. »Jesus! Ist er übergeschnappt?«

»Er sagte, alles war off the record.«

»Ah, off the record«, sagte Sam und entspannte sich ein wenig. »Du traust ihr aber nicht?«

»Nein. Ich weiß nicht. Der Punkt ist doch, daß er überhaupt kein Recht hatte, ihr *irgend etwas* über mich zu erzählen, ganz abgesehen von einer Sache, die so privat ist wie diese.«

»Natürlich nicht, aber –«

»Jahrelang habe ich es ertragen, in seinen Romanen mit Details aus meinem Privatleben konfrontiert zu werden. Das ist nicht sehr angenehm, es ist... als fände man alte Klamotten, von denen man glaubte, man hätte sie längst weggeschmissen, auf einem Wohltätigkeitsbasar wieder. Doch wenigstens durfte ich mir da noch sagen, daß niemand sonst das erkennen konnte, da er die Sachen veränderte und miteinander vermischte. Aber *das hier* war etwas anderes...«

»Ich verstehe ja, was dich daran wütend macht, Ellie«, sagte Sam. »Du hast jedes Recht, so wütend zu sein. Aber es hat doch wirklich keinen Zweck, sich dermaßen aufzuregen über die Zeitung von heute.«

»Du weißt ja nicht, was drinsteht.«

»Selbst wenn sie die Geschichte benutzt hat, wird sie keinerlei Wellen schlagen. Du hast also mit zwei Freunden geschlafen, mit einem nach dem anderen, vor dreißig Jahren. Na und? Wen kratzt das?« Eleanor schwieg. »Sonst hat er ihr doch nichts erzählt, oder doch?« fragte Sam besorgt. »Nichts über diese –«

»Nein«, sagte Eleanor.

»Dem Himmel sei Dank dafür«, sagte Sam. »Worüber machst du dir also Sorgen?«

»Ich bin noch nicht fertig mit meiner Geschichte.

Während sie auf ihr Taxi gewartet hat und Adrian den Wagen holen wollte –«

»Wo war der Wagen denn?«

»Was spielt das für eine Rolle, wo der blöde Wagen war.«

»Entschuldige«, sagte Sam. »Als Drehbuchautor gewöhnt man sich daran, solche Fragen zu stellen.«

»Mir ist kurz hinter dem Dorf das Benzin ausgegangen. Ich bin über die Felder nach Hause gegangen.« Sie deutete in die entsprechende Richtung. »Adrian nahm einen Kanister Benzin mit zum Wagen. Zufrieden?«

»Du hast sie also in ihren Bademänteln überrascht, weil sie deinen Wagen nicht kommen hören konnten. Siehst du, es paßt alles zusammen.«

»Das ist keines von deinen Drehbüchern, Sam, das ist mein Leben.«

»Meines auch, so wie es aussieht«, sagte er. »Du warst also –«

»Psst!« Eleanor hob ihre Hand.

»Was ist?«

Eleanor ging zum Fenster und schaute hinaus. »Nichts. Ich dachte, ich hätte den Kombi von Mister Barnes gehört.«

»Wer ist Mister Barnes?«

»Unser Zeitungsmann.« Sie kam zurück zum Tisch und setzte sich wieder.

»Du warst also allein mit Fanny Tarrant?«

»Ich war wütend, aufgebracht. Sie sagte, Adrian hätte ihr erzählt, er habe das Romanschreiben aufgegeben, weil er zu dem Schluß gekommen sei, er hätte nichts

Neues zu sagen. Sie wirkte so selbstzufrieden mit dieser Erkenntnis und so voller Bewunderung für Adrian, das machte mich krank. Also bin ich herausgeplatzt mit dem *wahren* Grund, aus dem er das Schreiben aufgegeben hat.«

»Und warum hat er?« fragte Sam.

»Er konnte es einfach nicht mehr ertragen, ständig daran erinnert zu werden, daß nichts, was er schrieb, so gut war wie sein erstes Buch.«

»Du meinst, wegen der Kritiken? Adrian hat immer gesagt, er lese keine Kritiken.«

»Komplett gelogen. Was ich stillschweigend geduldet habe. Aber es waren nicht nur Kritiken. Jede Art von Geringschätzung, tatsächliche oder eingebildete, konnte ihn in Verzweiflung stürzen. Als *Out of the Depth* nicht für den BOOKER-Preis nominiert wurde, war er dem Selbstmord nahe.«

»Ich hatte ja keine Ahnung…«, sagte Sam. »Und du hast das alles Fanny Tarrant erzählt?«

»Ja.«

»Off the record?«

»Nein.«

Sam verzog das Gesicht. »O Vater.«

»Ich war wütend. Ich konnte nicht klar denken. Ich habe nicht gemerkt, daß sie das aufgenommen hat, bis sie den Apparat ausgestellt hat. Als Adrian zurückkam, nachdem sie gegangen war, habe ich ihm gestanden, was ich getan hatte.«

»Was hat er gesagt?«

»Er hat gar nichts gesagt«, sagte Eleanor. »Er hat seitdem nicht mehr mit mir gesprochen.«

»Über Fanny Tarrant?«

»Über nichts mehr. Er hat seit diesem Tag kein Wort mehr an mich gerichtet, über welches Thema auch immer, es sei denn in Gegenwart anderer Leute. Dann plaudert er und lächelt und lacht und bezieht mich ins Gespräch ein, als ob alles total normal wäre, doch sobald die anderen Leute gegangen sind, ob es nun Nachbarn sind oder der Vikar oder die Putzfrau, schweigt er eisern. Überhört, was ich sage, und hinterläßt mir kleine Notizen.«

Eleanor wühlte in den Taschen ihres Bademantels und brachte eine Handvoll gefalteter und zerknickter Zettel zum Vorschein, die sie vor Sam auf den Tisch fallen ließ. Sam nahm sie auf, glättete einen und las vor: *»Ich benötige den Wagen morgen vormittag zwischen 11 Uhr 30 und 13 Uhr.«* Sam sah Eleanor an. »Warum läßt du dir diesen Unsinn bieten? Warum haust du nicht ab und läßt ihn in seinem eigenen Saft schmoren?«

»Weil ich mich schuldig fühle, vermutlich. Weil ich sein Geheimnis verraten habe.«

»Das war nicht deine Absicht.«

»Das war es doch«, sagte Eleanor reumütig. »Ich habe nur meine Absicht geändert, zu spät.«

»Na ja, es war seine eigene Schuld. Er hat dich provoziert... Wo ist er jetzt?«

»Schläft noch, nehme ich an. Er schläft im Gästezimmer, geht Stunden nach mir zu Bett und steht spät auf, deshalb frühstücken wir nie zur selben Zeit. Eine gemeinsame Mahlzeit haben wir im Moment nicht.«

Sam dachte einen Moment nach. Dann sagte er: »Ellie, komm mit zu mir. Jetzt gleich. Hinterlaß *ihm* eine Nachricht. Das wird ihn zur Vernunft bringen.«

»Nein, danke, Sam«, sagte Eleanor.

»Du läßt dich von ihm behandeln, als wärst du irgendwie kriminell. Das ist absurd.«

»Ich weiß, aber...«

»Zieh dich an, pack deine Sachen, komm sofort mit mir. Während er noch schläft. Mach es einfach.« Er sprang auf, als wollte er sie vorantreiben. »Keinerlei Verpflichtungen. Außer natürlich, du hättest gern welche.«

Eleanor lächelte. »Danke, Sam, aber ich kann das nicht.«

»Warum nicht?«

»Wenn ich jetzt gehe, komme ich nie mehr zurück. Das wäre das Ende.«

»Nun, vielleicht bist du am Ende dieser Ehe angelangt«, sagte er.

»Ach, ich will keine Scheidung, Sam!« rief Eleanor aus. »Jeder, den ich kenne, ist geschieden. Ich habe gesehen, was aus den Menschen wird. *Du* weißt, was es bedeutet. Ich will das alles nicht durchmachen, nicht in meinem Alter. Vor zehn oder fünfzehn Jahren hätte ich es tun sollen, wenn ich es gewollt hätte.«

»Aber wenn die Ehe schal geworden ist –«

»Nein, seit wir hier draußen leben, ist sie viel besser geworden«, sagte Eleanor. »Adrian kann reizend sein, wenn er gut gelaunt ist.«

»Oh, ich weiß das.«

»Und seit er aufgehört hat, Romane zu schreiben, ist er fast die ganze Zeit über gut gelaunt«, fügte sie hinzu,

»oder hat das zumindest vorgegeben, was auf dasselbe hinausläuft, soweit es mich betrifft.«

»Warum hast du ihn geheiratet, Ellie?« fragte Sam.

Eleanor zögerte einen Moment, wie jemand vor einem Abgrund. Dann sprang sie. »Er war der Vater«, sagte sie.

»Was?«

»Als ich die Abtreibung hatte.«

Sam starrte sie an. »Du hast gesagt, du wüßtest nicht, wer von uns der Vater war.«

»Aber ich wußte es. Ich habe verhütet, als ich mit dir geschlafen habe.«

»Aber nicht, als du mit Adrian geschlafen hast?« fragte Sam. Eleanor nickte. Sam warf beide Arme in die Luft. »Jesus! Warum hast du das damals nicht gesagt?«

»Ich dachte, es wäre das Beste, was ich tun könnte«, sagte Eleanor. »Ich dachte, ihr würdet mich beide unterstützen, daß es unser Trio zusammenhalten würde, wenn keiner von euch wüßte, wer der Vater war. Verstehst du, wie bei einem Erschießungskommando die leere Patrone.« Als sie darüber nachdachte, fügte sie hinzu, »oder umgekehrt.«

»Ich... ich...«, für dies eine Mal war Sam sprachlos.

»Ich war eine total verwirrte, von Panik ergriffene junge Frau. Ich wollte einfach nicht schwanger sein. Doch später hat mich das depressiv gemacht. Eines Tages – das war, als du in Amerika dies Stipendium hattest – habe ich Adrian erzählt, daß er der Vater war. Zuerst war er wie vor den Kopf geschlagen. Aber kurz darauf bat er mich, ihn zu heiraten.«

»Damit ihr Kinder haben konntet?«

»Ja. Manchmal frage ich mich, ob es bei der ersten Schwangerschaft ein Mädchen war. Ich hätte so gern ein Mädchen gehabt.«

»Womöglich wäre sie wie Fanny Tarrant geworden«, sagte Sam.

»Mach darüber keine Witze, Sam.«

»Wie soll ich dann reagieren?« wollte Sam wissen. »Wenn dir das lieber ist, kann ich wütend werden.«

»Bitte nicht.«

»Herrgott, Ellie! Du hast mir etwas vorgemacht.«

»Ich weiß. Es tut mir leid.«

»Und du hast mich in diesem Zustand gelassen.«

»Ich habe versucht, mir selbst etwas vorzumachen. Sam, stell dir einfach vor, es wäre nie passiert.«

»Ich habe in meinem Leben genug eigene Fehler gemacht«, sagte er sentimental. »Ich wäre gut ohne meine fünfzig Prozent Anteil an diesem ausgekommen.«

»Es tut mir leid, Sam«, wiederholte Eleanor. »Sag, daß du mir verzeihst.«

»Okay. Ich verzeih dir«, sagte er.

Eleanor küßte ihn auf die Wange und ließ sich auf der Chaiselongue nieder.

»Du bist nicht wütend, oder doch?«

»Wie lange willst du das noch aushalten, von Sam so kaltgestellt zu werden?« fragte Sam.

»Nicht mehr lange. Wie gräßlich Fanny Tarrants Artikel auch immer sein mag, es kann nicht so schlimm sein wie das Warten darauf, daß er erscheint. Ich habe das Gefühl, sobald wir das Schlimmste wissen, ist der

Bann gebrochen. Adrian wird wieder mit mir sprechen, und wir werden einen Ausweg finden.«

»Und wenn nicht?«

»Dann werde ich gern auf dein Gästezimmer zurückkommen«, sagte sie und lächelte matt.

Sam setzte sich auf das Sofa. »Wann kommen die Zeitungen hier normalerweise?«

»Das kann man nie vorhersagen. Alles hängt davon ab, ob Mister Barnes sie selber mit seinem Kombi ausliefert oder seinen Jungen mit dem Fahrrad schickt. Ich dachte schon, du wärst der Kombi.«

»Warum soll ich nicht ins Dorf fahren und die ›Sentinel‹ jetzt gleich besorgen?«

»Der Laden hat jetzt noch nicht auf.«

»Irgendwo wird schon einer auf sein.«

»Nicht um diese Zeit, an einem Sonntag. Meilenweit keiner.«

Einen Moment saßen sie schweigend da. »Es ist schon komisch«, sagte Eleanor dann, »wie mich das erinnert an diese Sonntagmorgende in London, als wir auf die Zeitungen zu warten hatten, gleich nach einer Veröffentlichung. Ich hatte immer so ein komisches Gefühl, das mich krank machte, weil man voller Spannung war, ob die Kritiken wohl gut ausfallen würden, und verstandesmäßig doch wußte, daß diese Frage längst entschieden war – sie waren ja längst gedruckt und standen fest. Andere Leute hatten sie schon gelesen. Ich habe das Gefühl immer gehaßt. Darin konnte ich Adrian gut verstehen.«

»Möchtest du, daß ich bleibe, bis die Zeitungen da sind?« fragte Sam. »Oder wärest du lieber allein?«

»Bleib«, sagte Eleanor.

»Kann ich dann einen Kaffee haben?«

Eleanor lächelte und stand auf. »Ja, natürlich.«

»Und ich brauche eine kleine Auffrischung, wie die Amis das nennen.«

»Nimm das hintere Klo. Hier durch.« Eleanor führte Sam in die Küche.

Nach ein oder zwei Minuten kam Adrian, in Morgenmantel und Pyjama, die Treppe herunter und ging durch die Halle Richtung Vordertür. Praktisch auf der Stelle machte er kehrt und betrat den Wohnbereich. Er schaute sich um, als suche er etwas. Eleanor kam aus der Küche herein mit einem Tablett voll Geschirr und Besteck. Als sie Adrian bemerkte, blieb sie stehen.

»Falls du die Zeitung suchst, sie ist noch nicht gekommen«, sagte sie.

Adrian nahm keine Notiz von ihr. Er griff sich ein altes Magazin aus dem Zeitungsständer neben dem Kamin und nahm eine alte Sonntagsbeilage heraus. Dann setzte er sich in einen Armsessel und tat so, als lese er.

Eleanor fuhr fort, die Sachen vom Tablett auf den Tisch zu stellen.

»Ich mache gerade Kaffee und Toast«, sagte sie. »Möchtest du etwas?«

Adrian ignorierte sie weiterhin.

»Sam ist hier«, sagte sie. Adrian reagierte prompt und starrte Eleanor an. »Er ist auf dem Klo.« Adrian wandte sich wieder dem Magazin zu. »Ich habe ihm alles erzählt«, sagte Eleanor, »du kannst dieses alberne Spielchen also ebensogut aufgeben.«

Adrian ignorierte Eleanor noch immer. Sie knallte das letzte Teil von ihrem Tablett auf den Tisch und ging zurück in die Küche. Adrian tat nicht länger so, als lese er. Nach einem Moment kam Sam aus der Küche.

»Adrian! Du bist schon auf«, sagte er betont jovial.

Adrian musterte ihn kühl. »Was machst du hier?«

»Ich bin heute morgen mit dem Flieger aus L. A. gekommen. Wollte die minimale Chance nutzen, meinen Krug abzuholen.« Er ging zu dem Beistelltischchen hinüber, wo seine Vase aufgestellt war, und nahm sie in die Hand.

»Ich dachte, es werde von dir erwartet, daß du einen Monat dort bleibst.«

»Der Plan hat sich geändert«, sagte Sam und betrachtete den Krug von allen Seiten. »Hübsche Glasur«, bemerkte er.

»Du meinst, das Studio hat dich gefeuert?«

»Nein, ich habe sie gefeuert«, korrigierte Sam. »Wenn man so sagen kann.« Er stellte die Vase wieder auf den Tisch.

»Wenn man wie sagen kann?«

»Ich habe mich abgesetzt. Ich habe beschlossen, daß ich doch keine Hollywood-Hure werden will. Da saß ich nun unter einem Sonnenschirm an meinem privaten Pool in Beverly Hills, arbeitete an der soundsovielten Fassung einer lesbischen Liebesszene zwischen Florence Nightingale und einer jungen Krankenschwester –«

»War Florence Nightingale lesbisch?« warf Adrian ein.

»In diesem Film ist sie es«, sagte Sam. »Egal. Da

hämmerte ich also auf mein Laptop ein, als ich plötzlich so bei mir dachte: Ich verschwende hier meine Zeit an diesen Dreck – was soll das? Ich meine, sicher mache ich eine Menge Geld damit, doch wer weiß, ob es je verfilmt wird und ob sie meinen Dialog benutzen, *falls* es verfilmt wird, und wen soll das in zehn Jahren noch interessieren?«

»Eine Art Saulus-Paulus-Erlebnis«, sagte Adrian, »Sam-Pam.«

»Genau«, sagte Sam. »Ich fühle mich wie neu geboren.«

»Ich würde sagen, kahl geboren«, sagte Adrian.

Sam ging über die Pointe hinweg. »Mir ist klargeworden, daß mir die Gefahr drohte, zur Drehbuchschreibmaschine zu werden.«

Adrian fühlte sich an etwas erinnert von dieser Metapher. »Du meinst, indem du Drehbücher absonderst wie Autos vom Fließband, läßt du dir nicht die Zeit, dir klarzuwerden über die Qualität dessen, was du produzierst.«

»Ja, genau.«

»Schön, schön«, sagte Adrian, anscheinend doch beeindruckt. »Und was willst du dagegen machen?«

»Pause machen, für ein, zwei Jahre«, sagte Sam. »Nein sagen zu allen neuen Drehbuchangeboten. Ernsthaft lesen und nachdenken. Vielleicht einen Roman schreiben.«

»Einen Roman?«

»Ja, ich wollte immer schon mal versuchen, ob ich ein Händchen habe für Romane.«

»Es ist schwieriger, als du denkst«, sagte Adrian. »Du

wirst also der BBC nicht das Angebot machen, *The Hideaway* zu adaptieren?«

»Äh, nein, derzeit wohl eher nicht«, sagte Sam. Er sah etwas beschämt aus. »Tut mir leid deswegen. Ich habe schon mitbekommen, daß unsere Intrige gegen Fanny Tarrant eher nach hinten losgegangen ist.«

»Ja.«

»Hat Peter Reeves von der ›Chronicle‹ dich angerufen?«

»Ja.«

»War er nicht interessiert?«

»O doch«, sagte Adrian. »Aber das Schlimmste, was ich über Fanny Tarrant in Erfahrung bringen konnte, bestand darin, daß sie in einem Klosterinternat war und nicht auf einer Gesamtschule; daß sie mit einem Mann namens Creighton zusammen lebt und daß sie die Tätowierung von einem Schmetterling auf ihrer Schulter hat mit den Initialen eines früheren Rockstars auf seinen Flügeln. Nicht gerade viel Munition für eine vernichtende Enthüllung, das mußt du zugeben.«

»Aber du hast *ihr* welche geliefert, wie ich hörte.«

»Eleanor hat.«

»Ach, komm schon, Adrian, sei fair. *Du* hast Fanny Tarrant von uns dreien an der Universität erzählt.«

»Das war off the record.«

»Aber wozu ihr überhaupt was erzählen?«

»Schadensbegrenzung. Sie hatte schon Witterung aufgenommen...«

»Und wozu die Sauna?«

Adrian war einen Moment still. »Ich weiß nicht.«

»Du *weißt* es nicht?« wiederholte Sam.

»Ich meine, es war so eine Eingebung des Augenblicks. Ich glaube, ich dachte, wenn ich sie mit etwas völlig Unerwartetem konfrontiere, würde sie womöglich mit etwas Unerwartetem über sich herausrücken«, sagte er.

»Du hast diese Idee mit dem Umkehr-Interview also wirklich ernst genommen?« fragte Sam.

»Überrascht dich das?«

»Na ja, ehrlich gesagt, bin ich erstaunt, daß du so weit gegangen bist. Warum hast du mir nichts davon gesagt?« Adrian antwortete nicht. »Weil ich nichts von dir gehört habe, dachte ich, du hättest es dir anders überlegt. Daß du es nicht getan hast, tut mir leid.«

»*Dir* tut es leid.«

»Nun, ich habe die ganze Sache initiiert. Ich fühle mich verantwortlich.«

»Vielleicht hast du dann auch Lust, sie auszuräumen«, sagte Adrian. »Richte es doch so ein, daß du die Gesamtauflage der heutigen ›Sunday Sentinel‹ aufkaufen kannst und sie verbrennen läßt. Geh im ganzen Land von Tür zu Tür und kauf alle Exemplare zurück, die bereits ausgeliefert worden sind, zu einem unwiderstehlichen Höchstgebot. Verabreiche den Haushaltsmitgliedern, die Fanny Tarrants Artikel bereits gelesen haben, erinnerungslöschende Drogen.« Er sah auf die Uhr. »Ich würde bald damit anfangen, wenn ich du wäre. Allzuviel Zeit hast du nicht.«

»In Ordnung, ich kann den bereits entstandenen Schaden nicht ungeschehen machen«, sagte Sam. »Aber vielleicht kann ich dir helfen, damit zurechtzukommen.«

»Das bezweifle ich sehr.«

»Du kannst dich selbst psychologisch darauf vorbereiten. Die Angst ist dein schlimmster Feind.«

»Hast du etwa eine Therapie gemacht, während du in Kalifornien gewesen bist?« fragte Adrian.

»Was ist das Schlimmste, was sie dir nachsagen kann? Daß du aufgehört hast zu schreiben, weil du die Kritik nicht ertragen konntest.«

»Soll ich mich deswegen jetzt besser fühlen?«

»Das ist das Schlimmste, was Fanny Tarrant dir nachsagen kann. Kannst du dem ins Auge sehen und es akzeptieren?«

»Wenn du so fragst, nein.« Adrian sagte das mit Bitterkeit. »Nein, ich kann es nicht akzeptieren. Ich kann den Gedanken nicht ertragen, daß eine halbe Million Menschen das von mir wissen. Ich kann nichts tun gegen meine Schwäche, ich schäme mich ihrer, aber es ist mir immerhin gelungen, sie zwanzig Jahre für mich zu behalten.«

Eleanor kam aus der Küche mit einem vollen Tablett, das sie auf dem Eßtisch absetzte.

»Ah, Kaffee und Toast!« rief Adrian aus. »Ich nehme an, du hast bereits irgendwo über der Irischen See ein Champagnerfrühstück gehabt, Sam, doch vielleicht möchtest du unser bescheidenes Mahl mit uns teilen. Sollen wir uns zu Tisch begeben, Ellie?«

»Adrian, wenn du hier auch nur eine Minute länger den perfekten Gastgeber mimst, dann werfe ich dir diese Kaffeekanne an den Kopf, das schwöre ich bei Gott«, sagte Eleanor.

»Ich weiß gar nicht, was du meinst, meine Liebe.«

»Sam, du verläßt jetzt diesen Raum«, sagte Eleanor.

»Was?«

»Tu genau, was ich sage!« schnauzte sie. »Geh in die Halle und warte dort.«

»Warten auf –?«

»Geh!«

Sam ging brav aus dem Zimmer in die Halle und machte die Tür hinter sich zu.

»Entweder sprichst du von nun an mit mir wie mit einem normalen menschlichen Wesen, oder ich werde dich jetzt verlassen, auf der Stelle, in dieser Minute«, sagte Eleanor. »Sam hat mich eingeladen, ich kann bei ihm bleiben.«

Adrian schwieg und sah sie nicht an. Nach ein paar Sekunden setzte sich Eleanor Richtung Tür in Bewegung. Ihre Hand berührte fast den Türgriff, als Adrian mit leiser Stimme sagte: »Gut.«

Eleanor blieb stehen und drehte sich um. »Hast du etwas gesagt?«

»Ich sagte: Gut.«

»Was ist gut?«

»Gut, ich werde mit dir wie mit einem normalen menschlichen Wesen sprechen. Ich habe gesprochen.«

Eleanor kam zurück von der Tür. »Weißt du, ich habe eigentlich gehofft, du würdest das nicht tun«, sagte sie. »Dann hätte ich guten Gewissens weggehen können.«

»Tut mir leid, Ellie«, sagte Adrian.

»Du hast dich wirklich wie ein Schwein benommen in den letzten zwei Wochen.«

»Ich weiß.«

»Es ist doch nicht so, daß ich hier heraus ziehen und hier leben *wollte,* ich *wollte* meinen Job bei V&A nicht aufgeben, ich *wollte* den Kontakt zu meinen Freunden nicht verlieren, und ich *wollte* nicht darauf verzichten, in Theater und Museen oder einkaufen zu gehen, wann immer mir danach war. Ich habe es für dich getan, damit *du* Ruhe findest. Damit du gesund bleibst. Und was habe ich zum Dank dafür bekommen? Du hast das alles weggewischt, bloß um deine Eitelkeit zu befriedigen. Und als ich mich gewehrt habe, hast du … du …« Eleanor ließ sich auf den nächsten Stuhl sinken und schluchzte. Die Tür zur Halle ging auf, und Sams besorgtes Gesicht tauchte auf. Adrian wollte sie trösten, doch Sam stieß Adrian beiseite, war als erster bei ihr. »Ellie, was ist denn los?« sagte er und legte den Arm um ihre Schultern.

»Was fällt dir eigentlich ein?« sagte Adrian.

»Wieso weint sie sich die Augen aus?«

»Das geht dich nichts an«, sagte Adrian. Er versuchte, Sam von Eleanor loszureißen. Einen Moment rangen sie miteinander auf unbeholfene Weise, dann trennten sie sich und funkelten sich gegenseitig an.

»Weißt du, manchmal fällt es mir schwer zu glauben, daß wir jemals Freunde waren«, sagte Sam.

»Komisch. Ich habe genau dasselbe Problem«, sagte Adrian.

»Was für ein aufgeblasener, selbstsüchtiger, hochnäsiger Schwätzer aus dir geworden ist.«

»In was für eine eitle, angeberische, angepaßte Nullnummer du dich verwandelt hast. Fanny Tarrant hat dich kalt erwischt.«

»Na, ich freue mich echt schon auf das, was sie über *dich* zu sagen hat«, behauptete Sam.

Während die beiden Männer sich augenrollend gegenüberstanden, hatte Eleanor ihre Fassung zurückgewonnen. Sie nahm ein Papiertaschentuch aus ihrer Bademanteltasche und schneuzte sich die Nase.

»Was meinst du mit angepaßt?« fragte Sam.

»Du warst mal ein vielversprechender Stückeschreiber. Du hast deine Seele ans Fernsehen verkauft für den Erfolg bei den Massen.«

»Ich bin immer noch lieber ein Erfolg bei den Massen als ein elitärer Versager. Du befürchtest wohl, daß ich jetzt einen populären, erfolgreichen Roman schreiben werde, stimmt's?«

»Allein der Gedanke, daß du einen Roman schreibst, ist so grotesk –«

»Haltet den Mund, alle beide!« sagte Eleanor. Sie hob die Hand und gebot ihnen mit dieser Geste Stillschweigen. Sie gehorchten ihr und hörten das Motorengeräusch eines Wagens, der sich dem Cottage näherte. »Ich mache vorn die Tür auf«, sagte Eleanor. »Es dauert immer eine Ewigkeit, die Zeitungen durch den Briefkastenschlitz zu zwängen.« Sie ging in die Halle. Die beiden Männer setzten sich und erwarteten ins Leere starrend ihre Rückkehr.

Sam brach das Schweigen. »Wie sieht sie aus, nakkend?« fragte er.

»Ach, um Gottes willen.«

»Nein, es interessiert mich.«

»Ich habe nicht genau darauf geachtet.«

»Ach, komm, hör auf, Adrian! Erzähl mir nicht, du

hast Fanny Tarrant dazu überredet, ihre Sachen auszuziehen, und dann nicht auf die Größe ihrer Titten oder die Form ihres Hinterns geachtet. Rasiert sie sich die Schamhaare?«

Adrian antwortete nicht. Er starrte Fanny Tarrant an, die in der Tür zur Halle auf der Schwelle stand, wie gebannt durch die Nennung ihres Namens.

»Ich wette, daß sie das tut«, fuhr Sam ahnungslos fort. Er hatte sich in die Chaiselonge zurückgelehnt und die Augen geschlossen. »Ich wette, daß Fanny Tarrant jeden Freitagabend ihre Bikinikontur mit religiöser Inbrunst nachrasiert und nur einen schmalen Büschel Haare auf der Scham stehen läßt, wie ein senkrechter Schnurrbart. Hab ich recht?«

»Falsch! In V-Form«, sagte Fanny und betrat, gefolgt von Eleanor, den Raum.

Sam fuhr herum und sprang auf. Er glotzte Fanny an. »Scheiße, was machen Sie denn hier?«

»Ich war zufällig in der Gegend«, sagte Fanny. »Aber ich habe nicht erwartet, Sie hier zu treffen, Mister Sharp.« Fanny sah blaß aus und machte einen leicht wirren, verstörten Eindruck. Sie trug Freizeitkleidung, ein Schlabberhemd und ebensolche Hosen.

Eleanor wirkte wütend und durcheinander. »Hast du sie hierher eingeladen?« fragte sie Adrian.

»Natürlich nicht«, sagte er.

»Vielleicht hat sie was in der Sauna vergessen«, sagte Sam.

»Was wünschen Sie?« fragte Adrian Fanny.

»Ich nehme an, Sie haben ihn gelesen – meinen Artikel über Sie?«

»Nein. Unsere Zeitungen sind noch nicht gekommen.«

»Oh.« Fanny war aus der Fassung. »Nun, ich würde mich nicht daran stören, wenn ich Sie wäre. Er ist nicht sehr nett. Worauf es ankommt, ist, daß niemand davon irgendwie Notiz nehmen wird.« Sie schaute gierig zum Tisch. »Ist das womöglich Kaffee?«

»Was soll das alles?« fragte Eleanor. »Sie sind hier nicht willkommen.«

»Milde ausgedrückt«, sagte Sam.

»Ich brauche unbedingt eine Tasse Kaffee«, sagte Fanny.

»Dann bedienen Sie sich«, sagte Eleanor. »Doch erwarten Sie nicht von mir, daß ich Ihnen auch noch welchen einschenke.«

Fanny ging rasch zum Tisch und schenkte sich eine Tasse Kaffee ein.

»Was haben Sie geschrieben über Adrian?« fragte Eleanor.

»Können Sie sich das nicht denken? Mein Teenager-Idol, von dem sich herausstellt, daß es auf tönernen Füßen steht. Der Mann, der aus seinem Familienleben ein Trauerspiel macht, bloß wegen einer miesen Kritik. Der Autor, der aus der Küche gehen muß, weil er die Hitze nicht aushält, aber so tut, als hätte er das Interesse am Kochen verloren.« Adrian versteinerte, während er sich das anhören mußte. Fanny trank den Kaffee und schnaufte erleichtert. »Gott, den hab ich gebraucht.«

»Ist das alles?« fragte Eleanor.

»Reicht Ihnen das noch nicht?«

»Und... nichts über unsere Zeit als Studenten?«

»Das war off the record. Könnte ich vielleicht etwas Toast haben?«

Eleanor nickte verwirrt. »Bedienen Sie sich.«

»Können wir sonst noch etwas für Sie tun?« erkundigte Sam sich sarkastisch. »Wie wär's mit ein paar Eiern? Mögen Sie sie lieber von einer oder von beiden Seiten gebraten?«

»Nein, das reicht mir schon«, sagte Fanny und biß in den Toast. »Ich glaube, mein Blutzuckerspiegel muß sehr niedrig sein. Im Auto wäre ich beinah ohnmächtig geworden.«

»Schauen Sie, was mich betrifft, habe ich dies Spielchen langsam satt«, sagte Sam. »Sagen Sie, was Sie zu sagen haben, und dann hauen Sie ab. Oder hauen Sie gleich ab.«

Fanny schaute der Reihe nach von einem zum anderen, dann zum Fernsehgerät, das still in der Ecke stand. »Sie wissen es noch gar nicht, oder?« fragte sie.

»Wissen was?« fragte Eleanor.

»Es ist komisch, es ist, als würde ich sie durch eine gläserne Wand sehen. Sie sind in einer anderen Zeitzone. Sie wissen nichts.«

»Wir wissen was nicht?« fragte Adrian.

* * *

Ungefähr anderthalb Stunden zuvor hatte Fanny Tarrant auf dem Beifahrersitz eines BMW 318i gesessen, am Steuer der Limousine saß ihr Partner, Creighton Dale. Sie waren auf dem Weg zum Flughafen Gatwick, um einen Urlaubs-Charterflug in die Türkei zu nehmen. Der Wagen fuhr mit genau 70 Meilen pro Stunde in der mittleren Spur der Londoner Umgehungsautobahn. Als Anwalt befolgte Creighton gewissenhaft jede Geschwindigkeitsbegrenzung. Er hatte keinerlei Verstöße auf seinem Konto und war entschlossen, es dabei zu belassen. Wenn sie es einmal eilig hatten, mußte stets Fanny ans Steuer, für den Fall, daß sie mit überhöhter Geschwindigkeit erwischt würden. Aber am Sonntagmorgen um diese Zeit war der Verkehr auf der M25 nur dünn, und sie hatten noch genug Zeit in der Hinterhand.

Sie waren früh aufgestanden in ihrem gemieteten Loft in Clerkenham, von zwei Weckern und einem Weckruf der British Telecom wachgeklingelt, hatten sich in ihre Kleider geworfen, die Koffer geschnappt, die schon am Abend zuvor gepackt worden waren, um dann gähnend und benommen von ihrem zu kurzen Schlaf in die Morgendämmerung des Londoner Eastends hinauszustolpern. Doch beim Gedanken an die vor ihnen liegenden Ferien stieg jetzt ihre Laune. Sie gaben ein hübsches Paar ab, Fanny, die grazile Blondine, und Cleighton mit seiner schmalen Adlernase und seinem seidigen braunen Haar, das er kurzgeschnitten trug, und sie schienen sich dessen auch bewußt zu sein. Aus den Stereolautsprechern des Wagens kam leise Musik von einer CD. Das Werk einer belgischen Band namens *Enigma,* eine Mischung aus gregorianischen Chorälen und elektronischer Tanzmusik, die sie beide mochten wegen ihrer beruhigenden Rhythmen und dem leicht sakrilegischen Flair.

»Hast du deine Kamera eingepackt?« fragte Fanny.

»Ja, aber ich habe noch keinen Film drin«, sagte Creighton. »Ich werde mir auf dem Flughafen welche besorgen.«

»Und ich möchte noch eine Zeitung von heute erwischen«, sagte Fanny.

»Ich dachte, du wolltest für die nächsten zwei Wochen vergessen, daß es Zeitungen gibt«, sagte Creighton.

»Das ist wie die letzte Zigarette, bevor du ganz aufhörst zu rauchen«, sagte Fanny.

»Was von dir drin?«

»Meine Tagebuchkolumne und das Interview mit Adrian Ludlow.«

»Adrian Wer?«

»Tja«, seufzte Fanny, »ich fürchte, das werden die meisten Leute sagen, wenn sie die Zeitung aufschlagen: *Adrian Wer?*«

»Warum hast du dir ihn dann vorgenommen?«

»Er hat ein Buch geschrieben, das mir mal viel bedeutet hat. *The Hideaway.*«

»Kenn ich nicht... Du hast schon einige Zeit keinen richtigen Star mehr gehabt, oder? Haben sie Manschetten vor dir?«

»Ihre Aufpasser kriegen welche«, sagte Fanny. »PR-Leute genehmigen heutzutage die Interviews, und wenn sie meinen Namen hören, sagen sie nein. Meine einzige Chance besteht darin, das Subjekt direkt anzusprechen. Meiner Erfahrung nach gibt es nur sehr wenige Leute, die einer direkten Einladung, über sich selbst zu reden, widerstehen können. Allerdings mußte ich mich auch noch nie ganz ausziehen, um an eine Story zu kommen…«

»Ach, war Ludlow der mit der Sauna?«

»Ja.«

»Klingt mir nach einem alten Lustmolch«, sagte Creighton.

»Nein, er war ganz süß«, sagte Fanny. »Und vollkommen harmlos.«

»Aber du hast ihn hoffentlich plattgemacht?« fragte Creighton.

»Ich glaube beinah, du bist ein bißchen eifersüchtig«, sagte Fanny.

»Sagen wir, mißtrauisch«, sagte Creighton. »Was war das denn für eine Sauna?«

»Bloß so ein Holzverschlag, ziemlich klein, mit einem Ofen in einer Ecke. Bänke auf zwei Ebenen – Platz für rund drei Leute, ab vier gibt's Gedrängel. Keine erwähnenswerten Fenster. Durch die Decke fällt etwas gedämpftes Licht, bernsteinfarben, so daß du das Gefühl hast, du sitzt mitten in einem Ofen.«

»Und ihr wart beide nackt?«

»Erst hatte ich mich in ein Handtuch eingewickelt, aber das habe ich dann abgelegt, weil es zu unbequem wurde.«

»Und er hat nichts unternommen?«

»Nein. Es gab nur den einen Moment, als er…« Fanny verlor den Faden, als sie sich an den Moment zurückerinnerte.

Creighton ließ die Straße aus den Augen und musterte sie einmal kurz und scharf aus den Augenwinkeln. »Als er was?«

»Er hat mich berührt. Nicht in der Sauna – hinterher, als wir uns erholt haben, in Bademänteln. Ich fühlte mich total entspannt, so ein wohliges Gefühl. Ich zeigte ihm meine Tätowierung, und er hat sie mit seinem Finger berührt. Plötzlich war die Atmosphäre richtig aufgeladen. Ich weiß nicht, was noch passiert wäre, wenn in diesem Moment nicht seine Frau reingekommen wäre.«

»Seine *Frau* ist reingekommen? Das hast du mir vorher gar nicht erzählt!«

»Creighton, du weißt genau, daß wir in letzter Zeit kaum zwei Worte über irgend etwas gewechselt haben, da wir beide so viel zu tun hatten. Wir haben seit Ewigkeiten keinen Sex gehabt.«

»Ich habe vor, das in den nächsten zwei Wochen alles nachzuholen«, sagte er. »Ich habe vor, dich ziemlich wundzureiten.« Fanny lächelte. »Also, was hat sie gesagt, seine Frau?«

»Zunächst nicht allzu viel. Aber als er für ein paar Minuten weg war, hat sie mir eine ziemlich bittere Bilanz ihrer Ehe vorgelegt. Das schien ihr Herz zu erleichtern.«

»Und *hast* du ihn nun plattgemacht?«

»Ja«, sagte Fanny. »Ich glaube, das habe ich.«

»Braves Mädchen«, sagte Creighton. Die CD war zuende. »Leg was anderes auf«, sagte er.

»Laß uns Radio hören«, sagte Fanny. »Um diese Zeit gibt es Nachrichten.«

»Schon wieder Nachrichten.«

Fanny lächelte und drückte auf der Anlage den Preset-Knopf für BBC 4. Ein Nachrichtenmoderator sprach gerade am Telefon mit jemandem über einen Autounfall. Es dauerte ein oder zwei Minuten, bis sie die Worte *Paris, Paparazzi* und *Lady Diana* wahrnahmen.

»Diana!« schrie Fanny. »Mein Gott, was hat sie jetzt gemacht?«

Der Moderator beendete das Telefongespräch und sagte: *»Falls Sie sich jetzt erst bei uns eingeschaltet haben, soeben wurde offiziel bestätigt, daß die Princess of Wales in einem Pariser Krankenhaus gestorben ist, heute morgen gegen vier Uhr, folgende Verletzungen –«*

Fanny schnappte nach Luft und krallte sich in Creightons Arm, was den Wagen leicht ins Schleudern brachte.

»*Diana tot?* Ich fasse es ja nicht.«

»Psst!« machte er. »Und laß meinen Arm los.«

Intensiv lauschten sie der Zusammenfassung der Nachrichten. »Ich fasse es nicht«, sagte Fanny. »Diana *tot!* Und Dodi auch.«

»Und der Fahrer«, sagte Creighton. »Muß ein ganz schöner Aufprall gewesen sein.« Er verminderte den Druck seines Fußes auf das Gaspedal um ein oder zwei Grad, und die Geschwindigkeit des Wagens ging zurück auf 67 Meilen pro Stunde.

»Ich fasse es nicht«, sagte Fanny.

»Hör auf, das dauernd zu wiederholen«, sagte Creighton.

»Aber es ist so unfaßbar!«

»Eigentlich nicht«, sagte Creighton. »Wenn du daran zurückdenkst, wie sie sich die ganzen letzten Wochen so benommen hat. Das hatte schon etwas Verrücktes, Rücksichtsloses. Es mußte ja schlimm enden.«

»Aber was für eine Art zu sterben«, sagte Fanny.

»Tja, eine echte Karrieresicherung«, sagte Creighton.

Fanny kicherte, dann schämte sie sich offensichtlich darüber. »Creighton! Das ist krank«, sagte sie.

»Aber trotzdem wahr«, sagte er. »Niemand wird es wagen, sie je wieder zu kritisieren.«

Fanny war für einen Moment still und dachte nach. »Oh, Scheiße«, sagte sie.

»Was?« fragte Creighton.

»Ich habe was über Diana in meiner Kolumne.«

Creighton ließ die Straße aus den Augen, um schnell zu Fanny hinüberzuschauen. »Was?«

»Etwas nicht sehr Passendes.«

»Na ja, wie denn auch – paßte es wenigstens, als du es geschrieben hast?« fragte er.

»Ach, Scheiße«, wiederholte Fanny. »Wie hört sich denn das an, wenn der Leser weiß, sie ist scheiß – *tot.*«

»Ich denke nicht, daß du heute morgen die einzige Journalistin bist, die sich in dieser Lage befindet«, sagte Creighton.

»Deswegen fühle ich mich auch nicht besser«, sagte Fanny.

»Ich versuche ja nur dir zu helfen«, sagte Creighton. »Ach, Scheiße!« schrie er und schlug wütend mit der Faust auf das Steuerrad ein.

»Was ist denn nun?« fragte Fanny.

»Ich habe die Ausfahrt zur M23 verpaßt«, sagte er. Er stellte das Radio aus.

»Laß es an!« sagte Fanny.

»Es stört«, sagte er. »Nur deswegen habe ich die Ausfahrt verpaßt.«

»Das macht doch nichts«, sagte Fanny. »Du kannst bei der nächsten Ausfahrt umkehren.«

»Ich weiß, daß ich das kann«, sagte Creighton, der Mühe hatte, seinen Ärger zu unterdrücken. »Ich mache nur nicht gern Fehler. Zum Glück haben wir noch genug Zeit in Reserve.« Er beschleunigte den Wagen wieder auf 70 Meilen pro Stunde.

Ein paar Meilen weiter kam eine Ausfahrt, an der Creighton die Fahrtrichtung wechseln und die Verbindung zur M23 nehmen konnte. Als sie wieder in ihre Richtung fuhren, entspannte sich Creighton merklich. »Wir haben nur zwanzig Minuten verloren«, sagte er.

Fanny, die während der letzten zehn Minuten schweigsam und nachdenklich gewirkt hatte, stellte das Autoradio wieder an. Creighton registrierte das mit Unwillen, sagte aber nichts dagegen. Der Moderator redete mit einem Reporter, der vor den Toren von Kensington Palace stand, wo bereits immer mehr Leute zusammen strömten, von denen einige Blumengebinde mitbrachten. Der Reporter fragte sie gerade, warum sie gekommen wären. Eine Frau sagte: *»Sie hat das Krankenhaus besucht, in dem mein kleiner Sohn lag. Er hatte Leukämie. Sie hat seine Hand gehalten und mit ihm gesprochen. Sie war eine wundervolle Frau.«*

Fanny brach in Tränen aus. Creighton sah sie erstaunt an. »Was ist los?« fragte er und stellte das Radio wieder aus.

»Ich weiß auch nicht«, sagte sie.

»Na gut, es ist traurig, es ist eine Schande, aber du hast die Frau nicht gekannt. Du hast sie nicht mal gemocht.«

»Ich weiß«, sagte Fanny und putzte sich die Nase. »Es ist albern, aber ich kann mir nicht helfen.«

»Hast du deine Tage?«

»Ach, verdammt, Creighton!« protestierte Fanny. »Ist es mir nicht gestattet, ein paar normale menschliche Gefühle zu entwickeln? Muß das hormonelle Gründe haben?«

»Wenn wir erst in der Türkei sind, wird es dir gleich bessergehen«, sagte er, um sie etwas aufzuheitern. »Sobald wir in der Luft sind, sogar schon. Ferien fangen beim ersten Willkommensdrink vom Servierwagen an, sage ich immer.«

Fanny brütete schweigend vor sich hin. Nach ein paar Sekunden sagte sie mit leiser Stimme: »Ich fliege nicht.«

»Was?«

»Ich fliege nicht in die Türkei.«

»Wovon redest du eigentlich?«

»Du machst dir das anscheinend nicht klar, Creighton, das ist ein Mega-Event. Die berühmteste Frau der Welt ist tot. Das ist die größte Story seit ... was weiß ich, Kennedys Tod. Die Auswirkungen werden... enorm sein. Wie wird die königliche Familie reagieren? Wie wird das Land reagieren? Das gibt die Mutter aller Begräbnisse. Ich kann England nicht verlassen, nicht *jetzt.*«

»Du willst sagen – den Urlaub canceln?«

»Ja.«

»Wir werden das ganze Geld los.«

»Zu dumm.«

»Aber wir haben uns auf diese Ferien gefreut, seit

Wochen, seit Monaten! Wir sind beide erschöpft. Wir brauchen diesen Urlaub, Fanny!«

»Er kann noch warten, die paar Wochen.«

»Ich kann meine Arbeit nicht so einfach wieder danach richten.«

»Naja, dann fliegst du eben alleine«, sagte Fanny.

»Alleine?«

»Ja. Macht mir nichts aus.«

»*Dir* macht es nichts aus«, sagte Creighton. »Und was ist mit mir? Glaubst du etwa, ich möchte ganz alleine zwei Wochen in einer türkischen Hotelanlage Ferien machen?«

»Du wirst bestimmt ein paar nette Leute kennenlernen«, sagte Fanny.

»Ach, tatsächlich? Die Leute gehen normalerweise pärchen- oder familienweise in Ferien, falls dir das noch nicht aufgefallen ist. Sie sind nicht scharf darauf, freundschaftliche Beziehungen zu alleinreisenden Herren anzuknüpfen.«

»Das weiß man nie, womöglich lernst du eine alleinreisende Dame kennen.« Fanny bemühte sich, so auszusehen, als bedauerte sie das.

»Und dir würde das nichts ausmachen?«

Fanny vermied den Augenkontakt mit ihm, obwohl er ihr weiterhin das Gesicht zugewandt hatte und sie während des Gesprächs wütend ansah. »Nicht solange du Safer Sex praktizierst und mir nichts von der ganzen Sache erzählst.«

»Ich fasse es nicht«, sagte Creighton. »Du hast den Verstand verloren, Fanny. Du stellst unsere Beziehung in Frage.«

»Tut mir leid, Creighton. Ich kann mir nur einfach nicht vorstellen, an einem türkischen Swimmingpool herumzulungern, während hier Geschichte gemacht wird. Und davon zu lesen in Zeitungen, die zwei Tage alt sind. Natürlich wäre es mir lieber, wenn du mit mir hierbliebest. Aber wenn du gehen mußt, geh. Ich würde dir keine Vorwürfe deswegen machen.«

»Gut, dann fliege ich«, sagte er.

»Gut, dann mach das«, sagte sie.

Den Rest der Fahrt verbrachten sie in grimmigem Stillschweigen. Creighton fuhr direkt zur Abflughalle und hielt vor den Glastüren. Er stieg aus dem Wagen, ließ den Schlüssel im Zündschloß stecken und machte den Kofferraum auf. Fanny stand neben ihm, während er sein Gepäck herausholte und auf den Gehsteig stellte.

»Es tut mir leid, Creighton«, sagte sie kläglich. »Mach dir eine nette Zeit.«

Er ging wortlos weg. Die Flügel der Glastüren öffneten sich vor ihm und glitten hinter ihm wieder zusammen.

Fanny stieg in den Wagen und rückte sich den Fahrersitz zurecht. Sie startete den Motor und machte das Radio an. *»Die Nachricht erreichte die königliche Familie in Balmoral, wo sie traditionsgemäß ihre Sommerferien verbringt«*, sagte der Nachrichtensprecher. *»Es heißt, Prinz Charles habe die jungen Prinzen vom Tod ihrer Mutter unterrichtet.«* Fanny scherte aus der Parkspur und schnitt einer anderen Limousine den Weg ab, deren Fahrer scharf abbremste und laut hupte. Fanny gab Gas und entfernte sich rasch von diesem Beinahezusammenstoß. Verstört vor sich hin weinend und am Radio hängend, verpaßte sie die Auffahrt, die vom Flughafen direkt zur M23 führte, und fand sich statt dessen auf einer ruhigen Landstraße wieder. Sie wurde langsamer, hielt an, dachte anscheinend daran, umzukehren und zum Flughafen zurückzufahren, überlegte es sich dann anders und fuhr weiter, während sie auf die Wegweiser achtete, an denen sie vorbeikam, um einen Hinweis darauf zu bekommen, wo sie war.

* * *

»Was wissen wir nicht?« fragte Adrian.

»Diana ist tot«, sagte Fanny.

»Welche Diana?«

»Diana, Prinzessin von Wales.«

»Was?« fragte Eleanor.

»Wie?« fragte Adrian.

Fanny erzählte ihnen von der Verfolgungsjagd mit dem Wagen durch Paris, den verfolgenden Paparazzi, dem Tunnel, dem Betonpfeiler, dem tödlichen Crash.

»Wann soll das passiert sein?« fragte Sam.

»Heute am frühen Morgen.«

»Sind Sie ganz sicher? Ist es bestätigt worden?«

»O ja. Wir haben es im Autoradio gehört, vor einer guten Stunde.«

»Wir?« fragte Adrian.

»Creighton und ich. Wir waren auf dem Weg nach Gatwick.«

Adrian sah aus dem Fenster. »Ist Creighton denn bei Ihnen?«

»Nein, er ist alleine in die Türkei geflogen.«

»Sie verzichten auf Ihre Ferien, wegen Dianas Tod?« fragte Adrian.

»Ja«, sagte Fanny. »Und vermutlich muß ich in Zukunft auch auf Creighton verzichten. Nicht mal im Traum würde ich das Land jetzt verlassen.«

»Aber wozu sind Sie *hier?*« fragte Adrian.

»In der ›Sentinel‹ von heute sind zwei Sachen von mir drin«, sagte Fanny. »Das Interview mit Ihnen. Und meine Kolumne. Der größte Teil handelt von Diana.« Sie machte eine Pause und biß sich auf die Lippen.

»O Vater«, sagte Sam.

»Als ich die Nachricht hörte, war meine erste Reaktion sprachlose Fassungslosigkeit«, sagte Fanny. »Dann fiel mir mein Diana-Artikel ein. Ich dachte an die Leute, die mit der Nachricht von Dianas Tod aufwachen und später dann die Zeitung aufschlagen und meine flotten Sarkasmen über sie lesen. Jedes Wort fiel mir wieder ein. *Sie wollte beides gleichzeitig sein: Die Madonna der Minenfelder, Babys auf ihren Knien wiegend, und das Playgirl der Westlichen Welt, das sich auf Dodis Rennboot herumlümmelt in einem Badeanzug aus Leopardenfell…«*

»Allerliebst«, sagte Sam. »Den Stil erkenne ich wieder.«

»Ich bin nicht die erste Journalistin, die das zur Sprache bringt«, sagte Fanny, »aber es ist nicht besonders wünschenswert, so etwas heute morgen unter seinem eigenen Namen lesen zu müssen. Ich hätte alles gegeben, es ungeschrieben zu machen, aber es war zu spät, es war bereits gedruckt, schwarz auf weiß, und auf dem Weg in Hunderttausende von Häusern, Rückruf ausgeschlossen... Im Radio gaben sie hinüber zum Kensington Palace – vor den Toren stehen bereits Menschen, die Blumen an den Gitterzäunen niederlegen. Der Reporter sprach mit irgendeiner Frau, deren Sohn im Krankenhaus von Diana getröstet worden war. Ich brach in Tränen aus... Creighton dachte, ich hätte nicht mehr alle Tassen im Schrank... Wir hatten diesen großen Streit darüber, ob ich nun mitkäme in die Türkei... Er ließ mich am Flughafen einfach stehen, mich und den Wagen. Ich war nicht gerade in der fahrtüchtigsten Verfassung – ich verpaßte die Auffahrt zur M23, kam wieder zu mir, als ich eine ruhige Landstraße entlangfuhr, und kam zu dem Schluß, daß es für mich sicherer wäre, ihr zu folgen. Ich hörte die ganze Zeit Radio, hauptsächlich dieselbe Nachricht, immer wieder dieselbe. Ich konnte nicht aufhören, an meine Kolumne zu denken. *Die Ich-will-alles-Prinzessin,* war der Untertitel. Und da kam mir der Gedanke: Warum zum Teufel sollte sie nicht alles auf einmal wollen? Hätten wir das nicht alle gern, wenn wir es nur kriegen könnten? Ich dachte: Wie blöd und böswillig, so etwas zu sagen! Und dann«, Fanny sagte das zu Adrian, »dachte ich an meinen Artikel über Sie ... und der kam mir auch ganz schön böswillig vor... Ich sah den Wegweiser zu Ihrem Dorf. Daß ich ihm folgte, war ein Impuls.«

»Und was wollen Sie also?« fragte Eleanor. »Unsere Vergebung?«

»Das wäre nett«, sagte Fanny, als ob sie das nicht erwartet hätte. Sie sah Adrian an.

Adrian zuckte die Achseln. »Was ist es schon wert...«

»Nicht, Adrian! So billig darfst du sie nicht davonkommen lassen«, sagte Sam. »Ich will verdammt sein, wenn ich ihr vergebe!«

»Ich habe dabei nicht an Sie gedacht, Mister Sharp«, sagte Fanny. »Ich bin nicht sicher, ob ich irgendwelche Gewissensbisse wegen *dieses* Artikels empfinde.«

»Na ja, das paßt mir ganz gut, da ich Ihnen gerade sagen wollte, daß Sie sich Ihre Gewissensbisse in den Arsch stecken können«, sagte Sam. »Nie im Leben habe ich mir so viel selbstmitleidigen Dreck anhören müssen.«

Fanny ignorierte ihn. »Sehen Sie«, sagte sie zu Adrian, »nun müssen Sie sich nicht allzu schlecht fühlen wegen meines Artikels, da ihn ohnehin keiner mehr lesen wird.«

»Wie meinen Sie das?«

»Kein Mensch wird heute die Sonntagszeitungen lesen – es sei denn, er sucht etwas über Diana. Alle werden vor dem Fernseher sitzen oder Radio hören und mit heraushängender Zunge auf die morgigen Zeitungen warten. Es gibt zur Zeit nur eine Story, die jeden interessiert, und das ist nicht die über Sie. Deswegen bin ich wirklich gekommen, um Ihnen das zu sagen. Und jetzt gehe ich. Danke für das Frühstück.«

Fanny ging aus dem Raum. Sie hörten das Geräusch der Vordertür, die hinter ihr ins Schloß fiel, dann, wie ihr Wagen angelassen wurde. Adrian ging zum Fenster und schaute hinaus.

Eleanor brach das Schweigen. »Es ist unfaßbar.«

»Fanny Tarrants Bekehrung auf dem Wege nach Gatwick?« fragte Sam.

»Diana tot«, sagte Eleanor.

»Oh«, sagte Sam.

Sie hörten, wie der Kies knirschte unter den Reifen des wegfahrenden Wagens. Adrian wandte sich vom Fenster ab. »Es ist so unglaublich poetisch. Wie eine griechische Tragödie. Man erwartet vom Leben nicht, daß es die Kunst so nahtlos imitiert.«

»Poetisch?« fragte Eleanor. »In Fetzen zu gehen bei einem Autounfall?«

»Auch noch von *Paparazzi* verfolgt ... Die Medienfurien. Und stirbt zusammen mit ihrem neuen Geliebten. Liebe und Tod. Beängstigende Symmetrie.«

»Mußt du aus allem und jedem Literatur machen?« fragte Eleanor. »Um Gotteswillen, sie war eine wirkliche Frau, in der Blüte ihres Lebens. Und die Mutter zweier Söhne.«

»Ich wußte gar nicht, daß du so viel für sie übrighattest«, sagte Adrian.

»Nein, hatte ich auch nicht... oder das dachte ich zumindest«, sagte Eleanor nachdenklich. »Aber als sie uns erzählt hat« – Eleanor deutete in die Richtung, in der Fanny verschwunden war – »als sie sagte, ›Diana ist tot‹, gab mir das einen Stich, als beträfe es jemanden, den ich persönlich kannte. Es ist seltsam.«

»Sie war ein Star«, sagte Sam. »So einfach ist das.«

»Nichts ist so einfach, Sam.« Eleanor stellte den Fernseher an und setzte sich auf die Chaiselongue neben Sam. Es war ein ziemlich alter Kasten, der seine Zeit brauchte, um warm zu werden.

»Daß ich das Ereignis als Drama sehe, heißt nicht, daß ich mich nicht davon betroffen fühle«, sagte Adrian. »Ich fühle mich mehr betroffen, als ich mir überhaupt vorstellen konnte. Nicht so sehr wie Fanny Tarrant, aber immer noch –«

»Fanny Tarrant! Du hast ihr die reuige Sünderin doch nicht abgekauft, oder?« fragte Sam. »Es wird nicht lange dauern, bis sie wieder im Verunglimpfungsgeschäft mitmischt, zusammen mit dem Rest der Mannschaft.«

Als der Ton der Nachrichten da war, setzte sich Adrian auf die Chaiselongue, um mit den anderen beiden fernzusehen. »Ich weiß nicht…«, sagte er, »der Tod kann schon einen Unterschied machen. Sogar der Tod von jemandem, den man gar nicht kennt, vorausgesetzt, er hat genug…«

»Poesie?« fragte Sam.

»Ja, genau«, sagte Adrian. *»Die Erregung von Furcht und Mitleid, um so einen Ausweg für derlei Gefühle zu schaffen.«*

»Guter alter Aristoteles«, sagte Sam. »Was würden wir ohne ihn anfangen?«

»Wir bemitleiden die Opfer und fürchten für uns selbst. Das kann eine machtvolle Wirkung haben«, sagte Adrian.

»Seid doch mal still, um Himmels willen«, sagte Eleanor, die zwischen ihnen saß. »So kann ich nicht verstehen, was sie sagen.« Der Vertreter irgendeiner Hilfsorganisation erläuterte einem Moderator das Engagement der Prinzessin für die Opfer von Landminen.

»Du meinst demnach, wir stehen vor einer nationalen Katharsis?« fragte Sam Adrian, wobei er sich zurücklehnte und hinter Eleanors Rücken vorbeiredete.

»Denkbar«, sagte Adrian. Im Fernsehen zeigten sie Archivmaterial von Diana im Safarilook, wie sie allein einem Pfad durch vermintes Buschland folgte, mannhaft einen Fuß vor den anderen setzend, hocherhobenen Hauptes.

»Nun, wir werden sehen...«, sagte Sam. »Ich denke, ich werde mal gehen, Ellie. Wo ist mein Krug?« Er stand auf und sah sich um.

»Ach, geh nicht, Sam!« bat Eleanor. »Bleib.«

»Ach, ich weiß nicht...«

»Adrian«, sagte Eleanor.

»Was?« fragte Adrian

»Sag Sam, er soll bleiben.«

»Bleib«, sagte Adrian, ohne die Augen vom Bildschirm zu lösen.

»Mein Jetlag«, sagte Sam zu Eleanor. »Ich schlafe gleich ein.«

»Das Bett steht im Gästezimmer«, sagte sie.

»Ich dachte, Adrian...« Sam sah aus, als bedauere er, den Satz begonnen zu haben, »...benutzt das«, murmelte er.

Adrian wandte sich zu Sam und schaute ihn an. »Setz dich, Sam«, sagte er. »Ich möchte, daß du bleibst.«

»Also gut.« Sam setzte sich. Eleanor drückte seine Hand. Sie sahen fern. Der Filmausschnitt über die Minen war vorbei. Der Moderator schwang sich in seinem Drehstuhl herum und sprach in die Kamera.

»Weint er etwa?« fragte Sam ungläubig. »Ich glaube, der weint.«

»Er weint«, sagte Eleanor.

»Das ist ungewöhnlich«, sagte Sam. »Das ist wirklich ungewöhnlich.«

»Siehst du?« sagte Adrian.

Nun fragte der Moderator einen Reporter vor dem Kensington Palace, ob die Menschen, die hier Blumen niederlegten, irgendwelche Feindseligkeit den anwesenden Zeitungsfotografen gegenüber zeigten, weil doch berichtet worden war, daß *Paparazzi* in den fatalen Unfall verwickelt waren. Es habe eine gewisse Feindseligkeit gegeben, sagte der Reporter. Eine Frau schrie einen Fotografen an: *»Hast du ihr noch nicht genug angetan?«*

Aus der Halle hörte man ein Geräusch: der Briefkastenschlitz ging auf, und eine Zeitung fiel zu Boden.

»Die Zeitungen sind gekommen«, sagte Eleanor.

»Soll ich sie holen?« fragte Sam.

»Nein, laß nur«, sagte Adrian, ohne den Fernseher aus den Augen zu lassen.

Alle starrten weiter auf den Bildschirm.

ENDE

Nachwort

Diese Novelle basiert auf meinem gleichnamigen Stück, das im Februar 1998 am Birmingham Repertory Theatre uraufgeführt wurde. Das Textbuch wurde im Februar 1999 in England veröffentlicht, im März dieses Jahres erschien bei Haffmans eine Übersetzung ins Deutsche. Ich glaube, meine Leser (vor allem jene, die bereits das Textbuch gekauft haben) haben Anspruch auf einige erklärende Worte zu den Gründen, die mich veranlaßt haben, das Stück zu einer Novelle umzuschreiben.

Diese Art von Umwandlung kommt in der Literatur eher selten vor. Die Bearbeitung von Romanen für Film und Fernsehen ist natürlich durchaus üblich, und ich habe selbst einige Erfahrung in dieser Art der Adaptierung. Romane zu Filmen und Fernsehserien sind ebenfalls ein eigenes, wenn auch nicht sehr hoch angesehenes Genre. Es gibt unzählige Beispiele fiktiver Prosawerke, die für die Bühne adaptiert worden sind (wenngleich nur selten vom Autor des Originals). Doch eine Geschichte von den Brettern zu holen, um sie in prosaische Lettern zu fassen, ist vermutlich die seltenste Art der Adaption.

Dafür gibt es verschiedene Gründe. Die angeborene Gemeinsamkeit zwischen fiktiver Prosa und Spielfilm liegt in der Weise, wie darin Charaktere durch Zeit und Raum geführt werden. Romanciers des 19. Jahrhunderts haben in ihrer Art, ihre Geschichten anschaulich zu machen, das Kino oft schon vorweggenommen, während viele Romanciers des 20. Jahrhunderts ihr Erzähltempo beschleunigen, indem sie zwischen den Szenen filmische Schnittechniken imitieren. Bühnenstücke hingegen – vor allem solche, die mit geringem Aufwand und kleiner Besetzung auskommen und damit der ökonomischen Situation der meisten Theater Rechnung tragen – unterscheiden sich in ihrer Art, eine Geschichte vorzutragen, sowohl von

Filmen als auch von Prosawerken. Sie sind in der Regel enger fokussiert, strenger selektiert und langsamer in ihrem Tempo. Und natürlich unterscheidet sie die Tatsache, daß sie für ein Live-Publikum gedacht sind, grundsätzlich von anderen Erzählformen.

Die meisten der Ideen, die mir für meine schriftstellerische Arbeit kommen, scheinen sich für die ausschweifende und vielschichtige Entwicklung, die im Roman möglich ist, anzubieten. Mein erstes Stück, *The Writing Game* (1992 unter dem Titel *Literatenspiele* im Haffmans Verlag erschienen), habe ich geschrieben, weil der zugrundeliegende Erzählstoff, der fünf Personen im Rahmen eines Wochenendkurses für Kreatives Schreiben zusammenführt, offensichtlich die Einheit von Raum, Zeit und Handlung garantiert, wie sie von der klassischen Dramaturgie gefordert wird. Dabei mitzuhelfen, dies Stück im Mai 1990 am Birmingham Repertory Theatre herauszubringen, war eine sehr spannende und äußerst angenehme Erfahrung. *The Writing Game* erlebte zwei weitere Inszenierungen und stand haarscharf davor, in London oder New York produziert zu werden. Ich fühlte mich also hinreichend ermutigt, mich an einem weiteren Stück zu versuchen (tatsächlich entwickelte ich den Plan zu einer Trilogie über das literarische Leben in der zeitgenössischen Gesellschaft). Und wieder war das Grundthema meiner Meinung nach im Wesen ein dramatisches: das Interview mit einem Star.

Als journalistisches Genre läßt sich das Interview bis ins 19. Jahrhundert zurückverfolgen, als es aus Amerika kommend in England eingeführt wurde. Bereits in jener Zeit wurde es von Kulturkonservativen mißtrauisch beäugt. Henry James etwa macht sich in seinem Roman *The Portrait of a Lady* (1881) lustig über den Charakter einer neugierigen amerikanischen Journalistin, Henrietta Stackpole, die für ein Magazin mit dem Titel ›The Interviewer‹ schreibt. Kurze Zeit später definierte der amerikanische Humorist Ambrose Bierce in seinem *Devil's*

Dictionary (1891; deutsch von Gisbert Haefs 1986 unter dem Titel *Des Teufels Wörterbuch* im Haffmans Verlag erschienen) den Begriff »Interview« als »eine journalistische Form der Beichte, da geschmacklose Unverschämtheit Verstiegenheiten aus Eitelkeit und Ehrgeiz ihr Ohr leiht«. Doch im gesamten 20. Jahrhundert blieb das Star-Interview fester Bestandteil von Zeitungen und Magazinen und hat gerade in letzter Zeit an Umfang und Beachtung noch bedeutend zugelegt. Das liegt einerseits zweifellos an der Annehmlichkeit des Kassettenrecorders im Miniaturformat als journalistisches Handwerkszeug, andererseits jedoch auch an der wachsenden Bedeutung personenbezogener Publicity auf jedem Gebiet des sozialen, politischen und kulturellen Lebens.

Schriftsteller gehörten zu einer der letzten Berufsgruppen, die die Wirkung dieser Art der Bloßstellung zu spüren bekamen. Als ich in den späten fünfziger Jahren damit anfing, Romane zu schreiben, wurden belletristische Autoren, bevor sie nicht wirklich Weltruhm erlangt hatten, nur selten interviewt, und vor 1980 etwa zeigte niemand Interesse daran, mit mir ein Interview zu machen. Heutzutage ist das Interview – nicht allein in Zeitungen und Magazinen, sondern auch im Radio, im Fernsehen oder sogar per Internet – ein Routinevorgang im Rahmen der Werbung für so gut wie jede Art von Buchveröffentlichung. Vielleicht genießen einige Autoren diese Art von Aufmerksamkeit, zumindest solange sie den Reiz der Neuheit hat, doch für die meisten gehört sie zu den lästigen Begleiterscheinungen ihres Berufs, und einigen mag sie sogar bedrohlich vorkommen. Saul Bellow hat Interviews einmal als Würgemale auf seiner Luftröhre bezeichnet. Dennoch gibt es sehr wenige Autoren, die sich grundsätzlich weigern, Interviews zu geben. Vermutlich können sich das auch nur sehr wenige leisten.

Jedes Interview ist eine Art Wettstreit zwischen dem Interviewten, der aller Welt ein bestimmtes Bild von sich präsentieren möchte, und dem Interviewer, der neue und aufschlußreiche Züge an seinem Sujet aufdecken möchte. Und diese Gefahr ist besonders akut, wenn die Schreibtätigkeit berührt wird. Geschichten entwickeln sich, wie schon gesagt, in der Regel aus unseren inneren oder äußeren Lebensumständen, doch Autoren benutzen verschiedene Masken, rhetorische Kunstgriffe und erzählerische Übertragungen, um diesen Prozeß zu verbergen, so daß die fertige Fiktion auf eigenen Füßen stehen und ihr phantasievolles Eigenleben führen kann. Das Interview will diese anstrengende Arbeit zunichte machen. Es ist bemüht, T. S. Eliots berühmte These zu widerlegen, nach der Literatur »nicht der Ausdruck von Persönlichkeit, sondern ein Ausweg aus der Persönlichkeit« ist. Und es hat das in letzter Zeit auch geschafft, indem es viele literarische Techniken übernommen hat.

Journalistische Interviews sind heutzutate selten noch einfache Frage-und-Antwort-Spiele. Statt dessen benutzt der Interviewer alle Arten von romanhaften Kunstgriffen, um sein Subjekt zu beschreiben. Gesichtsausdruck, Angewohnheiten, Kleidung, Körpersprache etc. Die Interviewerin selbst (interessant ist, daß dies Feld des Journalismus von Frauen beherrscht wird) spielt oft eine Charakterrolle in der Geschichte ihres Interviews, indem sie ihre Gedanken vor, während und nach einem solchen Treffen offenlegt, und bisweilen über die Konventionen des ganzen Geschäfts reflektiert, meist in einer voreingenommenen, postmodernistischen Manier. Gerade im letzten Jahrzehnt haben sich einige Interviewer durch einen vernichtend kritischen Umgang mit ihren Sujets einen Namen gemacht, wobei sie sich gern eines mokant satirischen Stils befleißigen.

Die Beziehung zwischen Interviewer und Interviewtem hat sich verändert. Aus dem, was ursprünglich als eher behutsame und vertrauensvolle Unterhaltung angelegt war, ist ein aggressiveres Verhör geworden. Im Austausch für die kostenlose

Werbung, die sie ihrem Sujet bieten, wollen Interviewer Blut sehen – Blut in Form neuartiger und persönlicher Enthüllungen. Sie wollen ihre eigene Person ins rechte Licht rücken und mit ihren eigenen literarischen Fertigkeiten glänzen. Folgerichtig können sie es selbst zu mittlerer Prominenz bringen. Andererseits fühlen sich die Interviewten leicht verletzt durch diese Art des Umgangs und haben in letzter Zeit den Versuch unternommen, zum Selbstschutz PR-Agenten zu beschäftigen, die potentielle Interviewer erst durchleuchten und genehmigen müssen.

Das moderne Zeitungsinterview erschien mir als perfektes Material für ein Theaterstück: ein ausgedehntes Gespräch zweier Menschen, bei dem wesentlich mehr dahintersteckt. Es kann ein Kampf sein, ein Austausch, eine Beichte, eine Verführung – oder all das im Wechsel. In meinem Stück habe ich den Einsatz erhöht durch einen Kunstgriff, demzufolge der Interviewer in der zentralen Szene unwissentlich selbst von dem Interviewten interviewt wird, der durch dies Verfahren seinerseits seine sorgsam gehüteten Geheimnisse aufs Spiel setzt. Beim Schreiben (und wiederholten Überarbeiten) kam es nun hauptsächlich darauf an, dieses entscheidende Aufeinandertreffen in den Rahmen anrührender menschlicher Beziehungen einzubetten und dann eine dramatische Lösung für die entstehenden Folgen zu finden. Erst als das Stück längst zur Aufführung angenommen war – und nur zwei Monate vor dem vorgesehenen Probenbeginn – fand ich einen Plot, der mich zufriedenstellte.

Das Stück, das im Februar 1998 in Birmingham herauskam, schien zwar dem Publikum zu gefallen, nicht jedoch so großen Teilen der landesweiten Kritik, daß eine Übernahme nach London gesichert war. Etwa siebeneinhalbtausend Zuschauer sahen das Stück binnen dreier Wochen. Als ich den Text zur Veröffentlichung bei Secker&Warburg vorbereitete, erwartete ich nicht, darüber hinaus das Interesse vieler Tausende zu erregen.

Im Druck verkaufen sich selbst die Stücke berühmter Autoren selten in großen Mengen. Sie erscheinen in normalen Buchhandlungen selten im Schaufenster und sind sehr häufig nicht einmal auf Lager; und (zumindest in England) werden sie selten besprochen. Leser finden anscheinend die dramatische Form befremdlich und ermüdend. Von Zeit zu Zeit ging mir der Gedanke durch den Kopf, mein Stück eines Tages womöglich zu einem Prosawerk umzuarbeiten.

Als die Veröffentlichung des Textbuchs angekündigt wurde, ging eine überraschend hohe Anzahl von Leuten im Medien- und Literaturbetrieb davon aus, daß es sich um eine neue Erzählung auf Grundlage des Theaterstücks handelte, und verloren anscheinend das Interesse, als sie ihren Irrtum feststellen mußten. Dies veranlaßte mich, ernsthafter über die Möglichkeit nachzudenken, aus *Home Truths* eine Novelle zu machen, da ich in dieser Form ein anders geartetes und weit größeres Publikum erreichen könnte – nicht nur in Großbritannien, sondern auch in anderen Ländern. Ich bekam zwar nur zwei englische Kritiken zu sehen, aber beide waren positiv, was mich in meinem Glauben bestärkte, daß die Geschichte und ihr Gegenstand stark genug wären, eine Prosafassung zu tragen. Ich handelte trotzdem nicht eher, als bis ich im März 1999 in Paris zufällig zu einem Kolloquium eingeladen wurde, bei dem es um Übersetzungen ging. Ich wurde am Flughafen von meiner französischen Verlegerin abgeholt, die erst vor kurzem das Stück gelesen hatte und mir mit ihren ersten Worten versicherte, wie sehr es ihr gefallen habe und daß sie es veröffentlichen wolle. Als ich meine Novellen-Idee erwähnte, reagierte sie mit noch mehr Begeisterung. Mir wurde klar, daß der richtige Zeitpunkt, es zu versuchen, gekommen war; und sobald ich wieder zu Hause war, stellte ich andere Projekte zurück und machte mich ans Werk.

Ich habe *Home Truths* immer eher als Novelle denn als Roman gesehen, ein kürzeres Buch, das die dramatische Struktur und Textur des Originalstücks erhält. Vielleicht liegt einer der Gründe, die eine Prosa-Adaption von Theaterstücken zu einer ziemlichen Rarität machen, darin, daß ein Stück in Normallänge verhältnismäßig weit gedehnt werden muß, um auf die Normallänge eines Romans zu kommen – wobei diese Ausdehnung das Risiko birgt, den wesentlichen Gehalt des Originals ebenso zu zerstören, wie seine dramatische Fokussierung auf einige wenige entscheidende Augenblicke im Leben seiner Charaktere. Meinem Stück gemächliche Beschreibungen der Vergangenheit der Figuren oder detaillierte Wiedergaben ihrer Denkprozesse hinzuzufügen und es damit auf eine Weise zu entfalten, die für Romane typisch ist, erschien mir als ein schwerer Fehler. Die einzige bemerkenswerte Erweiterung des erzählerischen Materials habe ich im vierten und letzten Kapitel vorgenommen, wo die größere Flexibilität der erzählerischen Form mir erlaubte, in der Darstellung der Gefühle meiner Interviewerin stärker ins Detail zu gehen, als das unter den Beschränkungen eines handwerklich sauber gearbeiteten Theaterstücks möglich ist.

Ansonsten entfaltet sich die Handlung der Novelle wie im Originalstück durch Dialoge und Wechselwirkungen zwischen den vier Figuren, die innerhalb von drei Wochen bei drei Gelegenheiten aufeinandertreffen. Beschreibungen ihrer Erscheinung und der Umgebung, im Original recht knapp und zweckgerichtet, sind ein wenig ausführlicher und leserfreundlicher geworden; einen intimeren Einblick in die Gedanken der Charaktere gibt es ebensowenig wie die Beschränkung der erzählerischen Perspektive auf die einer einzelnen Person. Das ist natürlich keine ganz neue Erzähltechnik. Sie wurde als Reaktion auf die von Bewußtseinsströmen durchzogenen Romane bereits früher im 20. Jahrhundert von einer Anzahl englischer Romanciers angewandt und unterschiedlich streng ausgelegt – so z. B. von Evelyn Waugh, Christopher Isherwood und Henry Green. Doch für mich war es das erste Mal, daß ich ein ganzes

Werk in dieser Manier verfaßte und gleichzeitig meine erste Novelle (eine Form, die ich von Roman und Kurzgeschichte abgrenzen würde, indem ich sage: Sie ist kurz genug, um bequem auf einen Sitz durchgelesen zu werden, jedoch lang und komplex genug, um zwischendurch aus der Hand gelegt und wieder aufgenommen zu werden, ohne daß von Leserseite Interesse und Anteilnahme verlorengingen).

Ich meinerseits fand die Übung interessant und lohnend. Bei der Ausführung profitierte ich sehr von den Diskussionen und Revisionen, die während der Probenzeit stattgefunden hatten, und von meinen Erinnerungen an die Aufführungen, die ich bei verschiedenen Gelegenheiten gesehen hatte. Die Tatsache, daß alle Veränderungen, die ein Stück im Zuge der Proben erfährt, woher sie auch stammen, am Ende zum geistigen Eigentum des Autors werden, ist nicht uninteressant. Zumindest eine Pointe, die der Text jetzt enthält, sollte wirklich dem Schauspieler gutgeschrieben werden, der die Rolle des Adrian spielte; zudem gibt es überall Nuancen und Gesten, die aus den Aufführungen in die Novelle übergegangen sind. Gleichzeitig wurden einige Zeilen und Passagen in verschiedenen Phasen seiner Entwicklung gestrichen, da sie nicht bühnenwirksam schienen oder einfach zu viel Zeit brauchten, und die jetzt durchaus ihren Platz in der Novelle verdient haben. Die meisten Auszüge aus Fanny Tarrants feindseligem Porträt von Samuel Sharp fallen in diese Kategorie. Die fast größte Befriedigung hat mir beim Schreiben dieser Novelle die Möglichkeit verschafft, bereits Ausgearbeitetes wieder einzufügen, das ausrangiert werden mußte, nicht, weil es schlecht war, sondern lediglich, weil es nicht gebraucht wurde.

DL